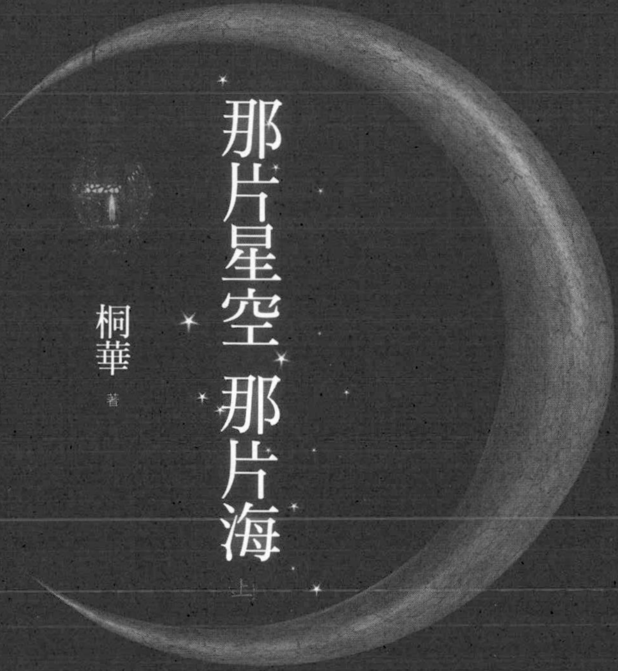

那片星空 那片海

上

桐華 著

目錄

楔子 006
Chapter 1 昏倒在院子裡的男人 008
Chapter 2 眉目如畫，色轉皎然 027
Chapter 3 青梅竹馬來 046
Chapter 4 心裡鑽進了螞蟻 066

Chapter 5 喜歡一個人的感覺 094
Chapter 6 你願意做我的男朋友嗎？ 117
Chapter 7 你還會做什麼？ 140
Chapter 8 月圓之夜的約定 166
Chapter 9 我不怕你，我想要你 193
Chapter 10 如何打敗時間 217

楔子

月光下，死神揮起鐮刀，準備收割男子的生命。
男子問：「怎樣才能不死？」
死神說：「找一個少女，只要她願意放棄生命，把靈魂奉獻給你，你就能活下去。」
男子問：「怎樣才能讓一個少女放棄生命，把靈魂奉獻給我？」
死神說：「只要你得到她的心，讓她愛上你。」
男子問：「怎樣才能得到她的心？」
死神微微一笑，說：「很簡單，用你的心去換取她的心。」

Chapter 1

昏倒在院子裡的男人

那是怎樣一雙驚心動魄的眼眸？漆黑中透著靛藍，深邃、平靜、遼闊，像是風平浪靜、繁星滿天時的夏夜大海，整個璀璨的星空都被它吞納，整個宇宙的祕密都藏在其間，讓人忍不住凝望、探究。

清晨，第一縷陽光穿過鹿角樹的樹梢，照到臥室的窗戶，又從窗簾的間隙射到我臉上時，我從夢中驚醒了。

為了貪圖涼快，夜晚沒有關窗，清涼的海風吹得窗簾一起一伏。熟悉的海腥味隨著晨風輕盈地鑽進了我的鼻子，讓我一邊緊閉著眼睛，把頭往枕頭裡縮，努力想多睡一會兒，一邊下意識地想著「賴會兒床再起來，就又可以吃爺爺熬的海鮮粥了」。念頭剛起，腦海內已浮現出另一幅畫面——我和爸爸、弟弟三人穿著黑衣、戴著白絹，站在船頭，把爺爺的骨灰撒進大海，白色的浪花緊緊地追逐在船後，一波又一波、翻湧不停，很像靈堂內的花圈魂幡。

剎那的惶然後，我清醒地知道了哪個是夢、哪個是現實，雖然我很希望沉浸在爺爺還在的美夢中不醒來，但所謂的現實就是逼得你不得不睜開眼睛去面對。

想到繼母可不熟悉廚房，也絕不會心疼爺爺的那些舊盆、舊碗，我立即睜開眼睛，坐了起來。

看了眼桌上的鬧鐘，還不到六點，房子裡靜悄悄，顯然其他人仍在酣睡。

這幾天為爺爺辦喪事，大家都累得夠嗆，爸爸和繼母又是典型的城市人，習慣晚睡晚起，估計今天不睡到九點是不會起來。

我漱洗完，輕手輕腳地下了樓，去廚房先把粥熬上，沒有精神折騰，只是往鍋裡放了一點干貝，也算是海鮮粥吧！

走出廚房，我站在庭院中，不自覺地去四處的茂盛花木中尋找爺爺的身影，以前爺爺早上起床後，第一件事就是照看他的花草。

院牆四周是一年四季花開不斷的龍船花，緋紅的小碎花一團團聚在一起，明豔動人，猶如新娘手裡的繡球；爬纏在青石牆上的九重葛，粉紅的花朵燦若朝陽，一簇簇壓在斑駁的舊石牆上，替涼爽的清晨平添了幾分豔色；客廳窗下的紅雀珊瑚、日日櫻開得如火如荼；書房窗外的龍吐珠和七里香的纍纍白花，堆雲積雪，煞是好看；在廚房的轉角那株至少一百歲的公孫桔綠意盎然，小小的桔仔羞答答地躲在枝葉間。

所有花木都是海島上的常見植物，不是什麼名貴品種，幾乎家家戶戶都會種一點，可爺爺照顧的花木總是長得比別人家好。

這幾日忙忙碌碌，沒有人打理它們，落花、落葉已經在地上堆了一層，顯得有些頹敗。我擦了擦有點酸澀的眼睛，提起掃帚開始打掃庭院。

掃完院子，我打算把門口也掃一下，拉開了院門。電光石火間，只感覺一個黑乎乎的東西向我倒過來，我被嚇了一跳，下意識地後退閃避，不知道被什麼絆了下，跌坐在地上。

「誰放的東西……」我定睛一看，嘴巴半張著，聲音沒了，倒在院子裡的竟然是一個人。

一個穿著古怪、昏迷不醒的男人，凌亂的頭髮半遮在臉上，看不清他的面目，只感覺皮膚黯淡無光、營養不良的樣子。上半身套著一件海員的黑色制服，這不奇怪，但他裡面什麼都沒穿，像是穿襯衫那樣的貼身穿著秋冬款的雙排釦制服，下半身是一件遊客常穿的、印著椰子樹的花短褲，順著他的腿看下去，赤腳?!

我呆呆地瞪了他半晌，終於回過神來，小心翼翼地戳了他一下，「喂!」

沒有反應，但觸手柔軟，因為剛送走爺爺，我對失去生命的身體記憶猶新，立即判斷這個人還是活的。但是他的體溫好低，低得很不正常。我不知道他是生病了，還是我判斷失誤，其實他已經死了。

我屏著一口氣，把手伸到他的鼻子下，感覺到一呼一吸的氣息，鬆了口氣。

大概因為事情太詭異，我的反應也不太正常，確定了我家門口不是「拋屍現場」後，我的第一反應不是思考怎麼辦，而是……詭異地跑到院門口，左右探看了一下，確定、肯定絕對沒有鞋子遺落在門外。

他竟然真的是赤腳哎!

我看看院外那條年代久遠、坑坑窪窪的石頭路，再看看他的腳，黑色的汙痕和暗紅的血痕交雜在一起，看不出究竟哪裡有傷，但能肯定這段路他一定走得很辛苦。

我蹲在他身邊，一邊拿出手機準備打電話，一邊用力搖他，這裡不是大城市，我不可能指望救護車隨叫隨到，何況這條老街，就算救護車能及時趕到，也開不上來，還是得找人幫忙。

電話通了，「江醫生……」我剛打了聲招呼，覺得手被緊緊抓住了。

「不要醫生！」那個昏倒在我家院子裡的男人虛弱地說出這句話後，緩緩睜開了眼睛。

我驚異地抬眼看向他，一陣風過，恰好吹開了他覆在眼上的亂髮，我的視線正正地對上了他的眼眸。

那是怎樣一雙驚心動魄的眼眸？漆黑中透著靛藍，深邃、平靜、遼闊，像是風平浪靜、繁星滿天的夏夜大海，整個璀璨的星空都被它吞納，整個宇宙的祕密都藏在其間，讓人忍不住凝望、探究。

我呆呆地看著他，他撐著地坐了起來，再次清晰地說：「不要醫生。」

此刻再看去，他的眼睛雖然也算好看，卻沒有剛才懾人心魄，應該只是因為恰到好處的角度，陽光在一剎那施了魔法。

我遲疑著沒有吭聲，他說：「我只是缺水，喝點水就好了。」

他肯定不是本地人，口音很奇怪，我聽得十分費力，但他語氣不卑不亢，令人信服，更重要的是我還有一堆事要處理，對一個陌生人的憐憫終究有限，多一事自然不如少一事。

「江醫生，我沒什麼事，不小心按錯電話，我現在還有事忙，回頭再說！」

我掛了電話，扶他起來。當他站起來的一瞬，我才感覺到他的高大，我有一百七十三公分，自小性格比較野，一直當著假小子，可他竟然讓我找到了「小鳥依人」的感覺。

我扶著他走到院子的角落，坐在了爺爺平時常坐的藤椅上，「等我一下。」

我走進廚房，倒了一杯溫水給他，想了想，舀了兩勺蜂蜜。

我把蜂蜜水端給他，他先輕輕抿了一口，大概嘗出有異味，警覺地一頓。

我說：「你昏倒在我家門口，如果不是生病，大概就是低血糖，我幫你加了一些蜂蜜。」在我解釋的同時，他已經一口氣喝完了水，顯然在我解釋前，他已經辨別出我放的是什麼了。

「你還要嗎？」

他沒有說話，只是微微點了下頭。

我又跑進了廚房，幫他倒水。

來來回回，他一連喝了六大杯水，到第七杯時，才慢了下來。

他低垂著眼，握著細長的玻璃杯，除了一開始的那句「不要醫生」，一直沒有說過話，連聲「謝謝」都沒有，也不知道究竟在想什麼。

藤葉間隙篩落的一縷陽光恰好照到玻璃杯上，映得他的手指白皙潔淨、纖長有力，猶如最優雅的鋼琴家的手，和他傷痕累累、汙跡斑斑的腳，形成了詭異強烈的對比。

理智上，我知道不應該讓一個陌生人待在家裡，但因為一點莫名的觸動和心軟，我又實在狠不下心就這麼趕他走。

我走進廚房，掀開鍋蓋看了看，發現干貝粥已經熬得差不多了。

我盛了一碗粥，配了一碟涼拌海帶芽和兩瓣鹹鴨蛋，放在托盤裡端給他。

我婉轉地說：「你吃點東西，等力氣恢復了再走吧！」

他沒有說話，盯著面前的碗筷看了一會兒，才拿起筷子，大概因為才從昏迷中醒來，手不穩，筷子握了幾次才握好。

「我還要做家事，你慢慢吃，有事叫我。」我怕站在一旁讓他局促不安，找了個理由離開了。

我走進客廳，把鞋櫃翻了一遍，找出一雙男士舊拖鞋。不像別的鞋子，必須要尺碼合適才能穿，拖鞋是不管腳大一點、小一點都能湊合著穿。

我拎著拖鞋走到院子裡的水龍頭下，把看著挺乾淨的鞋子又沖刷了一遍，立放在太陽下曝曬。估算著他還要一會兒才能吃完，我拿起抹布，一邊擦拭院子裡邊邊角角的灰塵，一邊時不時地查看他一眼。

以前爺爺還在時，藤桌、藤椅一般放在主屋的簷下或者庭院正中，乘涼喝茶、賞景休憩，都無比愜意。爺爺臥床不起後，沒有人再有這個閒情逸致，藤桌和藤椅被挪放到了靠著院牆的角落裡，那裡種著兩株龍吐珠和幾棵七里香，都長了十幾年了，七里香有一人多高，攀附而上的龍吐珠藤粗葉茂，恰好把他的身影遮擋住。

我看不清楚他，但隔著扶疏花影，能確定他一直規規矩矩地坐在那裡，沒有不安分的動作。

我放心了一點，雖然海島的民風淳樸，別說強姦凶殺，就連雞鳴狗盜也很少發生。爺爺一直驕傲地說自己的老家是桃花源，寧可孤身一人住在老宅，也不肯搬去城市和爸爸住，但我在大城市生活久了，憐憫偶爾還會有一點點，戒備卻永遠只多不少。

正在胡思亂想，繼母的說話聲隱約傳來，我立即放下了抹布。

沈楊暉興沖沖地跑出屋子，大呼小叫地說：「沈螺，妳怎麼起這麼早？」

沈楊暉是我同父異母的弟弟，典型的獨生子性格，沒什麼壞心眼，但十四歲的少年，正是中二病[1]最厲害時，絕不招人喜歡。

我還沒回答他，爸爸的叫聲從二樓的廁所飄了出來，「沈楊暉，說了多少遍了？叫姊姊！」

沈楊暉做了個鬼臉，滿不在乎地嘀咕：「沈螺都不叫我媽『媽媽』，我幹嘛非要叫她姊姊？是吧，沈螺？」

繼母走了出來，朝我微笑打招呼，「小螺，早安！」

我也扯出微笑，「楊姨，早安！」繼母姓楊，她嫁給我爸爸時，我已經十歲，離婚家庭的孩子都早熟，該懂不該懂的我基本都懂了。從一開始，我就知道她沒打算當我後媽，我寧可被爸爸斥罵，也堅決不叫她媽媽，只叫她楊姨，她欣然接受。

楊姨在沈楊暉背上拍了一下，催促說：「去刷牙洗臉。」又提高了聲音叫：「海生，盯著你兒子刷牙，要不然他又糊弄人。」

我不禁失笑地搖搖頭。這麼多年過去了，我都已經二十五歲，不再是那個十歲的小丫頭，繼母卻還是老樣子，總喜歡時不時地提醒我，在她和爸爸之間，我不是家人，而是個外人，卻忘記了，這裡不是上海那個她和爸爸只有兩間臥室的家，這裡是爺爺的家，是我長大的地方，她才是外人。

鄉下人沒有那麼講究，寬敞的廚房也就是飯廳。等爸爸他們漱洗完，我已經擺好早飯。

楊姨客氣地說：「真是麻煩小螺了。」

我淡淡地說：「不用客氣，我已經吃過了，你們隨意。」

爸爸訕訕地想說點什麼，沈楊暉已經端起碗，大口吃起來，他也只好說：「吃吧！」

正在吃早飯，敲門聲響起。

我剛想去開門，沈楊暉已經像一隻兔子般竄出去，打開了院門。爸爸不放心，放下碗筷，緊跟著走了出去，「楊暉，和你說過多少遍，開門前一定要問清楚，認識的人才能開門……」

門外站著一個衣冠楚楚、戴著眼鏡的男子，淺藍色的條紋格襯衫、筆挺的黑西裝褲，斯文下藏著精明，顯然不是海島本地人，爸爸訓斥沈楊暉的話暫時中斷了。

他疑惑地打量著來人，「您找誰？」

對方帶著職業性的微笑，拿出名片，自我介紹：「我是周不聞律師，受沈老先生委託，來執行他的遺囑，您是沈先生吧？我們前幾天通過電話，約好今天見面。」

1源自日本，為網路常用語，原意指正值青春期的中學二年級生，簡稱中二生，正值青春期，總是想要表現自己、自以為是，卻又做出讓人啼笑皆非的事。稱之為「病」，是泛指這已成為中學生的普遍現象。

爸爸忙熱情地歡迎對方進屋，「對、對！沒想到您這麼早，我還以為您要中午才能到。」從大陸來海島的船每天兩班，一班早上七點半，十一點半到島上，另一班是中午十二點，下午四點到。

周律師微笑著說：「為了安全起見，我搭乘昨天中午的船過來的。」

繼母再顧不上吃飯，著急地走出來，又趕緊穩住，掩飾地對我說：「小螺，一起去聽聽，和妳也有關係。」

爸爸客氣地請周律師到客廳坐，繼母殷勤地倒了熱茶，我一時間不知道該做什麼，只能沉默地站在門邊。

爸爸和周律師寒暄了幾句，周律師放下了茶杯，爸爸和繼母明白周律師是要進入正文了，都有些緊張。繼母把沈楊暉拉到身邊，緊緊地摟著，似乎這樣就能多一些依仗。

周律師說：「沈老先生的財產很簡單清楚，所以我們的繼承手續也會很簡單清楚。沈老先生的財產有兩部分，一部分是固定財產，就是這棟房子，宅基地面積一共是……」

繼母隨著律師的話，抬眼打量著老房子。房子雖然是老房子，但布局合理、庭院寬敞、草木繁盛，連她這麼挑剔的人都很喜歡，可惜這房子不是在上海，而是在一個交通不便的海島上。雖然這些年，因為遊客，這裡的房子升值了一點，但畢竟不是三亞、青島這些真正的旅遊勝地，遊客只會來看看，絕不會想長居，還是值不了多少錢。

周律師仔細地把老宅的現狀介紹清楚後，補充道：「雖然房子屬於私人所有，但這房子不是商品房，國家規定不得買賣宅基地，所以這房子如果不自住，也只能出租，不能公開買賣。」

繼母不禁說：「那些靠海的老房子還能租出去改造成民宿，這房子在山上，不靠海，交通也不便利，如果不能賣，租給誰啊？」

周律師禮貌地笑了笑，沒有回答繼母的問題，而是繼續說：「除了這棟房子以外，沈老先生剩下的財產都是現金，因為沈老先生不懂理財，所有現金都是定期存款，共有一百一十萬，分別存在建行和農行。」

爸爸和繼母喜出望外，禁不住笑著對視了一眼，又立即控制住了，沈楊暉卻藏不住心思，高興地嚷嚷了起來，「媽、媽，妳說對了，爺爺果然藏了錢！別忘記，妳答應我的，還完房貸，剩下的錢買輛車，可以送我上學！」

繼母瞅了我一眼，意有所指地說：「別胡鬧，這些錢還不見得是給你的！雖然你是沈家唯一的孫子，可誰叫你不會討爺爺歡心呢！不過，孫子就是孫子，要是分配得不公，你爸爸可不會答應的。」

繼母用胳膊拙了爸爸一下，爸爸故作威嚴地說：「繼續聽周律師說，爸爸會一碗水端平的。」

我盯著地面，沒有吭聲。並不是我寬容大度、也不是我逆來順受，而是這一刻，想到這都是爺爺生前的安排，恍惚間，我似乎能看到爺爺坐在竹椅上，一字一句細細吩咐律師的樣子。在我的記憶中，爺爺從來沒有煩擾過後輩，把一切都安排得井井有條，甚至自己的身後事。難言的酸澀湧起，我怕我一開口，就會掉下淚來，只能緊緊地咬著唇，安靜地聆聽。

周律師看沒有人再發表意見了，繼續說道：「根據沈老先生的遺囑，財產分為兩份，一份是一百一十萬的定期存款，一份是媽祖街九十二號的房子，以及房子裡的全部所有物。這兩份財產，一份給孫女沈螺，一份給孫子沈楊暉……」

聽到這裡，一直屏息靜氣的繼母「砰」地一拍桌子，憤怒地嚷了起來：「老頭子太不公平了！把所有錢給了別人，只留給楊暉一棟不值錢的老房子，就算是想辦法私下賣掉，撐死了賣個二十來萬。沈海生，我告訴你，這事兒你必須出頭，就算告到法院去，也必須重新分割財產！說到哪裡去，也沒有孫女比孫子拿的多的道理！」

周律師盯著檔，恍若未聞，等繼母的話音落了，他才不疾不緩地說：「兩份財產哪份給孫子，哪份給孫女，沈老先生沒有具體分配，而是把選擇權給了沈螺和沈楊暉，由兩人自行選擇。」

繼母愣了一愣，緊張地問：「誰先選？」

周律師說：「沈老先生沒有規定。你們自行協商吧！」周律師說完，闔上了資料夾，端起了茶杯，專心一志地喝起茶來，似乎自己不存在。

繼母目光銳利地盯著我，用手不停地推爸爸，示意他開口。

爸爸終是沒徹底忘記我也是他的孩子，吞吞吐吐地說：「小螺，妳看……這誰該先選？」

繼母在沈楊暉耳邊小聲叮嚀，沈楊暉的中二病發作，沒理會媽媽授意的「親情策略」，反倒毫不客氣地說：「沈螺，我要先選！」

我心中早有決斷，平靜地問繼母：「楊姨想讓誰先選？」

繼母只得挑明了說：「小螺，妳看……妳弟弟年紀還小，以後讀書、找工作、結婚娶媳婦，花錢的地方還很多，妳都已經大學畢業了，這些年妳的生活費、教育費都是爺爺出的，妳弟弟可沒花爺爺一分錢……按情按理，妳都應該讓妳弟弟先選。」

我苦笑，我的生活費、教育費都是爺爺出的，是我想這樣嗎？視線掃向爸爸時，爸爸回避了，我也懶得再糾纏，對繼母說：「好的，讓楊暉先選吧！」

一直裝不存在的周律師立即放下茶杯，抬起了頭，詢問沈楊暉，「請問你選擇哪份財產？」

沈楊暉還沒說，繼母已經說：「現金，我們要銀行裡的現金。」

沈楊暉隨著媽媽，一模一樣地重複了一遍：「現金，我們要銀行裡的現金。」

周律師看向我，我說：「我要房子。」

周律師從資料夾裡拿出一疊文件，「這些文件麻煩你們審閱一下，如果沒有問題，請簽名。接下來的相關手續，我的助理會繼續處理。」

等我們看完文件、簽完名，周律師整整衣衫，站了起來，他和我們握手道別：「請節哀順變！」

目送周律師離開後，爸爸關上了院門。

繼母一邊拿著文件上樓，一邊大聲說：「我去收拾行李，我們趕中午十二點半的船離開。要能買到明天早上的機票，下午就能到家了。」

沈楊暉「噢」一聲歡呼，撒著歡往樓上跑：「回上海了！」

爸爸看到老婆、兒子都是「一刻不想停留」的態度，知道再沒有反對的餘地，只能對我期期艾艾地說：「公司假期就十來天……我、我……必須回去上班了。」

這些年我早已經死心，對他沒有任何過多的奢求，爸爸不是壞人，只不過，有時候懦弱糊塗、沒有原則的善良人會比壞人更讓人心寒。我平靜地說：「嗯，知道了。謝謝爸爸這次及時趕回來。」雖然最後六個月，一直是我陪著爺爺，可爸爸畢竟在爺爺閉眼前趕了回來，也跑前跑後、盡心盡力地操辦了爺爺的喪事。

爸爸擔憂地說：「妳這孩子，沒有和我商量，就為了照顧爺爺，把工作辭了，現在工作不好找，妳得趕緊……」

「爸，媽讓你幫我收拾行李。」沈楊暉站在樓梯上大叫。

爸爸不得不說：「我先上去，反正妳記住，趕緊找工作，閒得太久，就沒公司願意要妳了。」

我跟在爸爸的後面上了樓，走進自己的房間，把律師給的文件鎖進抽屜裡。隱隱約約間感覺自己好像遺漏了一件什麼事，可繼母的聲音時不時尖銳地響起，搞得我總是靜不下心來想。

我索性走到窗戶邊去欣賞風景，不管什麼事，都等他們離開了再說吧！

幾條龍吐珠的翠綠藤蔓在窗戶外隨風搖曳，一朵朵花綴在枝頭，有的剛剛綻放，仍是雪白；有的正在怒放，潔白的花萼含著紅色的花冠，猶如白龍吐珠。

我微笑著勾起藤蔓，隨手擺弄著，今年一直沒有工夫修理花木，龍吐珠的藤蔓竟然已經攀緣到了我的窗戶邊。突然間，我想起一直隱約忘記的事情是什麼了——那個昏倒在我家院子裡的男人！

我懊惱地用力敲了自己腦門一下，我竟然忘記了家裡還有一個陌生男人！

我拽著窗框，從窗戶裡探出身子，向下看去，層層綠葉、累累白花下，那個黑色的身影十分顯眼，一動不動地坐著，好似已經睡著。

我剛想出聲叫他，又想起了繼母正在屋子裡走來走去地收拾東西，沒必要節外生枝。我順手掐下一枝龍吐珠花，用力朝他扔過去。

大概聽到了動靜，他立即抬起頭看向我，眼神凌厲，表情森寒，像是一隻殺機內蘊、蓄勢待發的猛獸，把我嚇了一跳。雖然我用了很大的力氣，可一枝花就是一枝花，不可能變成殺人利器。微風中，白萼紅冠的龍吐珠花飄飄蕩蕩，朝著他飛過去，頗有幾分詩情畫意。他眼睛內的鋒芒散去，微微瞇著眼，靜靜地看著花漸漸飄向他，直到就要落到臉上的一瞬，他才輕輕抬起手，接住了花。

這一刻，香花如雪，他指間拈花，慵懶地靠在藤椅上，隔著絲絲縷縷的藤蔓，半仰頭，看著我，只是一個平凡落魄的男子，沒有絲毫駭人的氣勢。我被嚇得憋在胸口的一口氣終於敢輕輕吐出去，只覺得雙腿發軟，要撐著窗臺才能站穩。

這究竟算什麼破事？一時好心收留了一隻野貓，可我竟然被野貓的眼神嚇一跳。

我板起了臉，狠狠地瞪著他，想表明誰才是老大，爸爸的聲音從門外傳來，「小螺，我們走了！」

我再顧不上和一隻沒有家教的野貓計較，匆匆轉身，拉開門，跑出了房間。

爺爺因為風溼病，樓梯爬多了就膝蓋疼，後來幾年一直住在樓下的大套房，既是書房，也是臥室。我經過時，無意掃了一眼，立即察覺不對勁，再仔細一看，放在博古架上的那面鏡子不見了。

「楊暉，快點！再磨磨蹭蹭，當心買不到票！」繼母已經提著行李箱走到院子裡。

我幾步衝過去，擋在院門前，不讓他們離開。

繼母立即明白我想做什麼了，尖銳地叫起來：「沈螺，妳想幹什麼？」

爸爸不解地看我，「小螺？」

我說：「離開前，把爺爺的鏡子留下。」

沈楊暉很衝地說：「鏡子？什麼鏡子？我們幹嘛要帶一面破鏡子回上海？除了礁石和沙子，上海什麼東西不比這裡好？」

我冷笑著說：「的確是面破鏡子，不過就算是破鏡子也是清朝的破鏡子，否則楊姨怎麼看得上眼？」那是當年爺爺的祖母給奶奶的聘禮，據說是爺爺的爺爺置辦的家產，除了一面銅鏡，還有一對銀鐲、一根銀簪，可惜在時間的洪流中，最值錢的兩樣不知道去了哪裡，只留下一面銅鏡。

爸爸看了眼緊緊拿著箱子的繼母，明白了，他十分尷尬，看看我，又看看老婆，一如往常，完全不知道該怎麼辦。

繼母發現藏不住了，也不藏了，盛氣凌人地說：「我是拿了那面舊鏡子，不過又怎麼樣？那是沈家的東西！整棟老宅子都給了妳，我為楊暉留一份紀念，難道不應該嗎？」

「妳別忘了，律師說得清清楚楚，我繼承的是老宅和老宅裡的全部所有物。」我終於明白爺爺為何會在遺囑上強調這句話，還要求爸爸和繼母簽字確認。

楊姨也不和我講理，用力推我，「是，我幫沈家的孫子拿了一面沈家的鏡子，妳去告我啊！」

我拉扯她的箱子，她用手緊緊捏住，兩人推擠爭奪起來。她穿著高跟鞋，我穿著平跟鞋，又畢竟比她年輕力氣大，她的箱子被我奪了過來，她重心不穩，摔倒在地上。

繼母立即撒潑哭嚷了起來，「沈海生，你看看你女兒，竟然敢打長輩了！」

爸爸被我凌厲的眼風一掃，什麼都沒敢說，只能賠著小心，去扶繼母，「鏡子是女孩子用的東西，楊暉是個男孩，又用不到，就給小螺吧！」

繼母氣得又哭又罵又打：「放屁！一屋子破爛，就這麼一個值錢的東西，你說給就給！我告訴你，沒門！」

我懶得理他們，把箱子放在地上，蹲下身，打開箱子，開始翻找銅鏡。

「啪」一聲，一巴掌重重地打在了我臉上。我被打得有點懵，抬起頭直愣愣地看著沈楊暉。沈楊暉的力氣不比成年人小，那巴掌又下了狠勁，我的左耳朵嗡嗡作響，一時間站都站不起來。

還沒等我反應過來，他又用力推開我，把箱子搶了回去，迅速拉上拉鍊，牢牢提在手裡。

我一直提防著繼母和爸爸，卻忘記了還有一個沈楊暉，他們是一家「三口」。十四歲的沈楊暉已經一百七十公分，嘻皮笑臉時還能看到幾分孩子的稚氣，橫眉冷對時，卻已經是不折不扣的男人了，若是在古代，他都能上陣殺敵了。

沈楊暉惡狠狠地瞪著我說：「妳先打了我媽，我才打妳的。」

繼母立即站起來，幸災樂禍地說：「打人的人終被人打！」她拉著兒子的胳膊往門外走，「我們走！」

我不甘心地用力拽住箱子，想阻止他們離開。繼母沒客氣地一高跟鞋踢到我胳膊上，鑽心的痛，我一下子鬆開了手，只能眼睜睜地看著他們走出了院門。

爸爸彎身扶起我，「小螺，別放在心上，楊暉還是個什麼都不懂的孩子。鏡子就給楊暉吧，他是沈家的兒子，妳畢竟是個女孩，遲早都要外嫁。」

我忍著疼痛，一聲沒吭。

爸爸清楚我從小就是個硬脾氣，絕不是個任人欺負的人，他扳著我的肩膀，嚴肅地說：「小螺，我知道妳擔心什麼，不是只有妳姓沈，妳放心，我一定讓楊暉好好保管那面鏡子，絕不會賣掉！」

我和那雙非常像爺爺的眼睛對視了幾秒，緩緩點了下頭。

爸爸如釋重負，還想再說幾句，繼母的吼聲從外面傳來，「沈海生，你要不走，就永遠留在這裡吧！」

爸爸匆忙間把一團東西塞到我手裡，「我走了，你有事打電話給我。」說完，他急急忙忙地去追老婆和兒子。

不一會兒，剛剛還雞飛狗跳的院子徹底安靜了，只有我一個人站在院子裡。

等耳朵不再嗡嗡響，我低下頭仔細一看，胳膊上已是紫紅色，再看看手裡的東西，竟然是幾張捲成一團的一百塊錢鈔票。我無奈地笑起來，如果這就是爸爸的父愛，他的父愛也真是太廉價了！

我已經二十五歲，不再是那個弱小的十歲小女孩，我有大學文憑，還有一大棟爺爺留給我的房子，沒有爸爸，我也可以活得很好！但是，不管我的理智如何勸說自己，心裡依舊是空落落、無所憑依的悲傷，甚至比當年更無所適從。

也許因為我知道，當年沒有了爸媽，我還有爺爺，可現在，我失去了爺爺，失去了這世間我唯一的親人。從今往後，這個世界上，我真的只有我自己了！疲憊時，再沒有了依靠；受傷時，再沒有了退路！

看著眼前的老宅子，我笑著把手裡的錢扔了出去，粉色的鈔票飄飄蕩蕩還沒落地，我的笑容還在臉上，眼淚卻已潸然而下。

七歲那年，爸媽離婚時，我就知道我的眼淚沒有任何用，從來不願浪費時間哭泣，但此刻，就像水龍頭的閥門被轉開，壓抑的悲傷化作了源源不絕的淚水，落個不停。

原來失去至親，就是，你以為你可以理解，可以接受，可以堅強，但永遠不可能不難過，某個時刻、某個觸動，就會悲從中來。

爺爺、爺爺……

我無聲地哭泣著，幾次用力抹去眼淚，想要微笑。既然不會再有人為我擦去眼淚，不會再有人心疼我的痛苦，那麼只能微笑去面對。但是，每一次努力的微笑都很快就被眼淚擊碎。

我哭得站都站不穩，軟坐在地上，我緊緊地咬著牙，緊緊地抱著自己，想給自己一點力量和安慰，但看著眼前的空屋，想到屋子的主人已經不在了，眼淚就像滂沱的雨，紛紛揚揚，落個不停。

我一直哭、一直哭，似乎要哭到地老天荒。

突然，一團龍吐珠花飄到我眼前，像一個努力逗人發笑的頑童，在空中翻了好幾個跟斗，撲進了我的懷裡。

我一下子停止了哭泣，愣愣地看著，竟然是一個用龍吐珠花編的花球，綠藤作骨、鮮花為飾，恰好一掌可握，十分精巧美麗。

我忘記了悲傷，忍不住拿了起來，正要細細觀看，卻想到一個問題：這花球是從哪裡來的呢？

我像是沒上油的機械人，一寸寸僵硬地扭過頭，看向花球飄來的方向。那個男人……他什麼都看到了……被我深深地藏起來的，我最軟弱、最痛苦、最沒有形象的一面……

他靜靜地看著我，沉默不語；我尷尬惱怒下，大腦一片空白，也說不出一句話。

隔著枝葉扶疏、花白如雪的七里香，兩人「無語凝噎」地對視了半晌，我一骨碌站起來，抬起手，想要把花球狠狠砸到他身上，終究是捨不得，一轉身，拿著花球衝進了屋子。

我看了眼鏡子裡狼狽不堪的自己，越發尷尬惱怒，又想砸花球，可剛舉起，看了看，那麼精巧美麗，又放下，寬慰自己，不要用別人的錯誤懲罰自己家的花！

我迅速地用冷水洗了把臉，把早已鬆散的頭髮重新綰好。看看鏡子，覺得自己已經改頭換面、重新做人了，我氣勢洶洶地走出屋子，決定嚴肅處理一下這個昏倒在我家的男人！

Chapter 2

眉目如畫，色轉皎然

就好像忽然之間，萬物變得沉寂，漫天飛揚的落花都放慢了速度，整個天地只剩下他慵懶而坐，靜看著落花如雪、翩躚飛舞。

日過中天，陽光灼熱，這方挨著屋子和院牆的角落卻陰涼怡人、花香馥郁，難怪他能不吭不哈地在這裡坐一早上。

我叉腰站在他面前，面無表情地質問，「看夠了嗎？滿意我們唱的大戲嗎？」

他沒有吭聲。

我怒問：「你幹嘛一直躲在這裡偷看？」

他平靜地說：「不是偷看，而是主人沒有允許，不方便隨意走動。」今天早上聽他說話還很費力，這會兒聽，雖然有點古怪的口音，但並不費力。

我譏嘲：「難道我不允許你離開了嗎？你怎麼不離開？」

「沒有合適的機會。」

我被他噎住了，一早上大戲連臺，似乎是一直沒有合適的機會離開。我不甘心地問：「你幹嘛用……用一團花扔我？

「妳不是也用花扔了我嗎？」

呵！夠伶牙俐齒！我惱怒地瞪著他，他波瀾不興地看著我，平靜的眼神中帶著一點不在意的縱容，就像是汪洋大海不在意地縱容著江河在自己眼前去翻騰。

我越發惱怒起來，正要發作。

突然，一陣風過，落花簌簌而下，猶如急雪。我不禁揮著手，左偏偏頭、右側側頭，他卻靜坐未動，專注地看著落花殘蕊，紛紛揚揚，飄過他的眉梢，落在他的襟前。

翩躚花影中，日光輕和溫暖，他的眼眸卻十分寂靜冷漠，恍若無喜無悲、俯瞰眾生的神祇，可是那深遠專注的眼神裡面明明又掠過惆悵的前塵舊夢。

我不知不覺停下了動作，呆呆地看著他——

就好像忽然之間，萬物變得沉寂，漫天飛揚的落花都放慢了速度，整個天地只剩下了他慵懶而坐，靜看著落花如雪、翩躚飛舞。

不過一瞬，他就察覺了我在看他，眸光一斂，盯向了我。

和他的視線一撞，我回過神來，急忙移開了目光，莫名其妙地覺得心發虛、臉發燙，原本的惱怒早不知道跑到哪裡去了。

罷、罷、罷！自家傷心事，何苦遷怒他人？

我意興闌珊地說：「你現在可以離開了，時機絕對合適！」

他一聲沒吭地站起，從我身邊繞過，向外走去。

我彎下身收拾他吃過的餐具，卻看到幾乎絲毫沒動的粥碗和菜碟。我愣了一下，轉過身，看到他正一步步向外走去，那麼滑稽的打扮，還赤著雙腳，可也許因為他身材高大挺拔，讓人生不出一絲輕視。

「喂——站住！」

他停住了腳步，轉身看著我，沒有疑惑、也沒有期待，面無表情、波瀾不興的樣子。

我問：「飯菜不合口味？難道我做的很難吃？」

他竟然絲毫沒見外地點了下頭。

我簡直、簡直……要被他氣死了！他這樣……他這個鬼樣子，竟敢嫌棄我做的飯，餓死他吧！

我嫌棄地揮揮手說：「你走吧，走吧！」

他轉身，依舊是一步步地走著，不算慢，卻也絕對不快，我忍不住盯著他的腳，想起了外面那條坑坑窪窪的石頭路……

「喂——站住！」

他回身看著我，依舊是面無表情、波瀾不興的樣子。

我走到庭院中，把那雙曬乾的拖鞋拎起，放到他腳前，「舊拖鞋，你要不嫌棄，拿去穿吧！」

他盯著拖鞋看了一瞬，竟然難得地主動開口提了要求：「我想洗一下腳，可以嗎？」

「可……可以，跟我來！」

我走到廚房轉角，遞給他塑膠水管。轉開水龍頭後，我不好意思盯著他洗腳，轉身看著別處。

不一會兒，聽到他說：「好了。」

我接過水管，關了水龍頭，眼角的餘光瞥到他乾淨的雙腳，沒有血色的蒼白，只有一道道紅色的傷痕格外刺眼。

他穿上拖鞋，走了兩步，看上去很合適。

「謝謝。」

「不用謝，一雙不要的舊拖鞋而已。」

他沒再多言，向外走去。

我盯著他的背影，突然又叫：「喂——站住！」

他轉過身，看著我，竟然還是那副面無表情、波瀾不興的樣子。

我猶豫了一下，趕在自己後悔前，混亂地問：「你從哪裡來？為什麼會變成這樣？你現在有什麼打算？你要不要聯繫親人或朋友，找人幫忙嗎？我有電話，可以借你用！你要是需要錢，我……我可以借你一點！」

他沉默著沒有說話，我竟然比他更緊張，急促地說：「江湖救急、不救貧，我借你的錢不會太多，最多夠你回家的旅費。」

他淡淡說：「只我一個。」

他的話很簡短，我卻完全聽懂了，只剩他一個，遇到困難時，沒有親人可以聯繫求助；受了委屈時，也沒有一個避風港可以歸去休息。我的眼睛有些發澀，有想哭的感覺。我深吸了口氣，微笑著說：「你有手有腳，長這麼大個頭，不會打算去做乞丐吧？總要找一份工作養活自己！」

他想了想說：「是應該找一份工作。」

我小心地問：「你的受教育程度，大學、專科、高職，或者學過什麼手藝沒？」

「沒有。」

「沒有？什麼都沒有？你長這麼大總要學點什麼吧！就算讀書成績不好，考不上學校，也該學門手藝啊……」

他面無表情、波瀾不興的沉默，卻像是無聲的鄙夷：我都說了沒有，妳還廢話什麼？

我抓狂了，「你這些年都靠什麼生活？難不成是個啃老族[2]。」

他有點不悅地皺眉，「我靠自己的力量吃飯。」

好吧！只要不是好吃懶做、作奸犯科，做勞工也是正當職業。我猶豫掙扎著，遲遲沒有再說話，他也一點不著急，就那麼安靜地站在大太陽下，由著我理智和衝動打架。

我一會兒皺眉、一會兒咬牙，足足考慮了十來分鐘，才試探地問：「你願意留在我這裡打工嗎？管吃管住，薪水……看你的表現再決定。」剛才掙扎時還覺得自己是活雷鋒[3]，結果最後發現自己本質上肯定是黃世仁[4]。

---

2 源自英國的尼特族（NEET, Not in Employment, Education or Training），是指到了就業年齡卻不想就業，經濟上依賴或半依賴父母維持生活的青年人，中國則稱之為啃老族。

3 雷鋒是大陸刻意塑造的一種形象：全心全意為人民服務，幫助別人、不求回報的人。

他沉默，我緊張，卻不知道自己緊張個啥，這個海島上工作的機會有限，他現在落魄到此，難道不是應該他諂媚著抱我大腿嗎？

終於，他點了點頭，「好！」

我鬆了口氣，愉快地說：「就這麼說定了，只要你努力工作，我不會虧待你。我叫沈螺，螺可不是絲蘿的蘿，是海螺的螺，你叫什麼名字？」

他沉默了一下，才說：「吳居藍。」

經過簡短的自我介紹，我和吳居藍算是認識了，但接下來我們該做什麼？似乎要簽署約僱合約，但是，我都沒開薪水，甚至做好了隨時趕他走的打算，這個約僱合約……反正我是絕對不會先提出來的，他要罵奸商就奸商吧！

兩人面對面地沉默著，非常難得地，他主動開口問：「我該幹些什麼？」

「什麼？」我正沉浸在自己的小心機中，沒能反應過來。

他說：「妳讓我為妳工作，我需要做什麼？」

「哦！那個不著急，今天先把你安頓下來。」我打量著他，決定第一件事就是先幫他去買幾件衣服。

「我現在要出門一趟，你和我一起……」話還沒說完，我猛地閉上了嘴。

理論上講，他仍是陌生人，我不應該把他留在家裡，但是，他這個樣子，如果我帶著他一起上街，我敢保證不用半天，就會傳遍整個島上，說不定晚上就會有好事的人打電話給爸爸，我瘋了才會那樣做！

我心思幾轉，一咬牙，斬釘截鐵地說：「你留在家裡！」

我指指他之前坐過的地方，「你可以把藤椅搬出來，隨便找地方坐。」

我上了樓，一邊換衣服，一邊還在糾結自己的決定，把一個剛剛知道名字的陌生人留在家裡，真的合適嗎？不會等我回來，整個家都被搬空了吧？

糾結中，我翻箱倒櫃，把現金、提款卡、身分證、戶口名簿，甚至我從來不帶的一條鉑金鑽石項鍊，全部塞進了手提袋裡。這樣子，屋子裡剩下的不是舊衣服，就是舊傢俱了。就算他想要搬空，也不會太容易吧！

關臥室門時，我想了想，去浴室拿了我的梳子，小心地拿下一根夾在梳子縫裡的頭髮，夾在門縫中。又依樣畫葫蘆，把樓上三間臥室、樓下書房的門縫裡都夾上了頭髮。

這樣，只要他打開了門，頭髮就會悄悄掉落。如此電視劇的手段是我十歲那年學會的，為了驗證繼母是否有偷看我的日記本，我特意把頭髮夾在日記本裡，最後的事實證明她的確翻閱了，我和她大吵一架，結果還被她指責「小小年紀就心機很重」。

4黃世仁是民間故事《白毛女》中禍害鄉里、壓榨百姓的代表人物。

我提著格外沉重的手提袋，走出了屋子，看到吳居藍把藤椅搬到了主屋的屋簷下，正靠在藤椅上，看著院牆上開得轟轟烈烈的九重葛。我心裡微微一動，嬌豔的粉紅色花朵和古老滄桑的青黑色石牆對比鮮明，形成了很獨特的美，我也常常盯著看。

我說：「廚房有水和吃的，自己去拿，雖然你很嫌棄我的廚藝，但也沒必要餓死自己。」

他微微一頷首，表示聽到了。

「那──我走了！很快回來！」關上院門的一瞬，我和他的目光正對，我是柔腸百轉、糾結不已，他卻是平靜深邃，甚至帶著一點點笑意，讓我剎那間生出一種感覺，他看透了我的擔憂，甚至被我的小家子氣逗樂了！

我站在已經關上的院門前發呆，不可能！肯定是錯覺，肯定又是光線角度的原因！

☆ ☆ ★ ☆ ☆

這些年，島上的旅遊發展很快，燈籠街上的服飾店都投遊客所好，以賣花上衣、花短褲為主，這些並不適合日常穿著。我又不敢去經常去的幾家服飾店，店家都認識我，我怕他們問我買給誰，只能去找陌生的店。

逛了好幾家，終於買到了吳居藍能穿的衣服。我買了兩件圓領短袖白T恤，兩件格子長袖襯衫，兩條短褲，兩條長褲，一雙人字拖鞋。最後，我還紅著臉、咬著牙幫他買了兩包三角內褲，一包三件，總共六件。

真是作孽！我都沒有幫爺爺買過內褲，平生第一次挑選男人內褲，竟然不是給男朋友，而是給陌生男人！

回家的路上，順便買了一點菜。我拎著兩大包的東西，一邊沿著老街坑坑窪窪的石頭路走著，一邊自我心理建設：等我回到家，發現他偷了東西跑了的話，也很正常，我就當破財消災！這樣的人越早認清越好！所以我今天的舉動雖然有些魯莽衝動，可也不失為一次精心布置的考驗！

走到院子門口，掏鑰匙時，我的動作遲疑了，後退兩步，仔細地打量著面前的院門。門緊緊地關著，地上只有落花和灰塵，看不出在我走後，是否有人提著東西從這裡離開。

我咬著唇，把鑰匙插進了門鎖，開鎖時忐忑緊張的心情，讓我想起了等待放榜時的感覺。

剛打開院門，就看到了坐在屋簷下的他，我禁不住臉上湧起了笑意，腳步輕快地走到他面前，把一包衣服放在他的腳邊，「都是你的，我猜著買的，你看看。」未等他回答，我轉身進了廚房，把買的菜放進冰箱，「我買了一條活魚，晚上蒸魚吃。」用爺爺的話來說，蒸魚雖然很考驗廚師的火候，但最考驗的是食材，只要魚夠好、夠新鮮，火候稍差一點，也能很鮮美。

洗完手，走出廚房，看到他正一件件翻看衣服，看完衣服褲子，他舉起一包內褲仔細看著。我的臉有些燙，忙撇過視線，匆匆走進客廳，大聲說：「你去沖個澡吧，然後換上新買的衣服，萬一不合適，我明天拿去換。用一樓的浴室，換下來的衣服，你若還要就自己洗乾淨，若不要，就扔到垃圾桶裡。」

我站在一樓浴室的門口，對他說：「這是浴室，洗髮精、沐浴乳裡面都有，我幫你找兩條乾淨的毛巾，你挑好要穿的衣服後，就可以洗澡了。」

我正在櫥櫃裡翻找毛巾，他走到我身後，問：「這是什麼？」

我一轉身，看到他拿著一包打開的內褲，滿臉認真地看著我。我的血直往臉上沖，幾乎吼著說：「你說是什麼？就算沒讀好書、不識字，上面也印著圖案啊！」

「怎麼穿？」

我咆哮著：「怎麼穿？你說怎麼穿？當然是貼身穿在褲子裡面了，難道你想像超人一樣，內褲外穿，還是像蝙蝠俠一樣，把內褲穿在頭上？警告你，下次再開這麼無聊的玩笑，我和你沒完！」

我氣沖沖地把浴巾砸到他身上，疾步衝出了客廳。

我站在院子裡，咬牙切齒地發誓，以後絕對不再幫非男朋友的男人買內褲！否則好心還被人拿去開玩笑！

吹了一會兒風，才覺得臉上的滾燙褪去了，我看看時間，差不多要做晚飯了，但是……還得看看他有沒有資格留下來吃晚飯。

我走進客廳，看浴室的門緊關著，躡著腳湊到門邊聽了一下，聽到嘩啦淅瀝的水流聲，看來正在洗澡。我忙跑去了書房，彎下腰仔細查看，發現我的頭髮仍夾在原來的地方。

我直起身，立即上三樓，四個臥室的門都仔細查看過，頭髮都還在原來的地方，別說掉落，連斷裂都沒有。很明顯，我離開後，他並沒有企圖進任何一個房間，一直老老實實地待在院子裡。

我咬著唇，慢慢地走下樓，凝視著緊閉的浴室門，唇邊漸漸浮出了笑意，剛才被戲弄的惱怒消失了。只要不是壞人，偶爾有點討厭的行為，也不是不能原諒。

★ ☆ ★ ☆ ★

我做好了飯，吳居藍竟然還沒有洗完澡。我跑到浴室門口，聽到水流聲仍然在響，該不會暈倒在浴室裡了吧？我用力敲門，「吳居藍、吳居藍！」

水流聲消失了，「馬上就出來。」

「沒事，你慢慢來吧。」只要不是暈倒，洗久點，洗乾淨點，我絕對支持。

我把藤桌和藤椅搬到庭院裡放好，飯菜也都端上桌擺好，用一個紗罩罩住，防止飛蠅。等吳居藍出來，就可以開飯了。

這會兒天未黑，卻已經不熱，微風吹著很舒服。以前只要不颳風不下雨時，我和爺爺都會在院子裡吃飯。我坐在藤椅上，一邊搖著蒲扇，一邊微仰頭，看著屋簷上的一角藍天、幾縷白雲，四周沒有車馬喧譁，也沒有嘈雜人聲，只有風吹草木聲和蟲鳴聲，熟悉的景致，熟悉的靜謐，讓我在傷感中竟然也感覺到了幾分久違的愜意。

感覺到陰影遮擋在眼前，我才驚覺吳居藍已經站在了飯桌前。我漫不經心地看向他，卻猛地一驚，手中的蒲扇掉在地上。

夕陽在天，人影在地，他白衫黑褲，筆直地站在那裡，巍巍如孤松立，軒軒如朝霞舉，眉目如畫，色轉皎然，幾乎不像塵世中人。

不知道他是早習慣我這種驚豔的目光，還是壓根兒沒留意到，泰然自若地坐了下來，「衣服很合身，謝謝。」

「哦、哦……不客氣，吃、吃飯吧！」我回過神來，借著撿扇子，掩飾尷尬，心裡有一萬頭草泥馬奔過，這真是落魄地暈倒在我家門口的男人嗎？他洗刷乾淨了竟然這麼養眼？

吳居藍拿起筷子，先夾了一筷魚肉。我一邊吃飯，一邊偷偷打量他——略長的頭髮整齊地垂在耳側，臉不再是半遮半掩，全部露了出來，五官的形狀並沒變，但洗乾淨後，皮膚不再是乾澀暗淡、營養不良的樣子，變得白皙光潔，一下子襯得整個五官都有了神采，就好像蒙塵的寶珠被擦拭乾淨，終於露出了本來的光輝。

桌上擺了一盤葷菜和兩盤素菜，我發現吳居藍都只夾了一次，再沒有夾第二次。我後知後覺地發現了一個事實，他寧可只吃白米飯，也不吃我做的菜！我的怒氣蹭的一下竄了上來，那兩盤素菜就算了，為了蒸那條魚，我可是一直盯著時間，守在瓦斯爐旁邊，絲毫不敢分神。

「你不吃菜，又是覺得我做的菜很難吃？」

他頭都沒抬，直白地「嗯」了一聲。

我恨恨地瞪著他，一直恨恨地瞪著他。

他終於抬起了頭，看著我，想了想說：「我知道妳已經盡力了，沒有關係。」

什麼？他在說什麼？我需要他高高在上、寬宏大量地原諒我嗎？我究竟做錯了什麼需要他寬恕？我被氣得再不想和他說話，埋下頭，一筷子下去，把半條魚夾進自己碗裡，你不吃，我吃！

我秉持著自己一定要支持自己的想法，狠狠地吃著飯，吳居藍早已經放了筷子，我依舊在沒命地吃，一直吃到再吃一口就要吐的境地。吳居藍沉默地看著我，我惱火地說：「看什麼看？沒見過人飯量大啊！」

他嘴角微扯，似乎帶著一點笑意。

我瞪著他說：「我做飯，你去洗碗！」說完，我很想酷帥地站起來，揚長而去，留下一個瀟灑如風的背影。但是，我一抬屁股，就發現吃得太撐，已經達到吃自助餐攻略的最高段數，需要扶牆出去的地步。我搖晃了兩下，只能又狼狽地坐了回去。

我拿起蒲扇，裝腔作勢地搧著，「外面挺涼快，我再坐會兒。」

他說：「是需要坐一會兒。」

沒等我回嘴，他已經收拾了碗筷，走進廚房，只留我瞪著他瀟灑如風的背影。

我坐了一會兒，終是不放心，搖搖晃晃地站起來，走進廚房，去看他洗碗。

他沒有加洗潔精，為了洗去油膩，只能用冒著熱氣的熱水，還真不嫌燙！

我打開水龍頭放了點冷水，又拿起洗潔精，倒了幾滴在水裡，「以後找不到東西就問我。」

他拿起洗潔精的瓶子看了一下說明書，不動聲色地說：「好。」

我說：「洗完碗，把流理臺擦乾淨，還有瓦斯爐，還有櫥櫃，還有地，還有窗戶，還有……」

我擺出老闆的姿態，提著一個個挑剔的要求，吳居藍面無表情地簡單應了聲「好」。我們倆，一個指揮、一個動手，工作成果完全超出我的預料。他不但把流理臺、瓦斯爐、櫥櫃擦得乾乾淨淨，連窗戶和瓦斯爐周圍的瓷磚都擦了個清亮。我設下的這一關，他算滿分通過。

看看窗明几淨的廚房，我對他有點好奇了。這人雖然挑剔毒舌，但做事認真、手腳勤快，不是好吃懶做的人，怎麼會淪落到連雙鞋子都沒有的境地呢？

打掃完廚房，吳居藍非常自覺主動地去打掃他用過的浴室。

我坐在空蕩蕩的客廳裡，一邊聽著浴室裡時不時傳來的水聲，一邊想著心事。

爺爺是因為胃癌去世的，發現時已經是中晚期，他一直瞞著我們病情，直到最後實在瞞不住了，才被我們知道。

當時，我正在北京的一家外商企業做會計，得知此事後立即辦理了辭職手續，帶著所有行李，回到了海島。

爺爺沒有反對我任性的決定，我也沒有反對爺爺不願住院做手術的決定，與其躺在醫院被東割一刀西割一刀、全身插滿管子，不如像個正常人一樣，享受最後的時光。

我們刻意地遺忘掉病痛，正常地生活著，養花種草、下棋品茶，天氣好的時候，我們甚至會在碼頭擺攤、出海釣魚，時光和以前沒有任何差別，就好像離家的七年從沒有存在過，我一直都留在海島，只不過以前是他牽著我的手走路，如今是我扶著他的手走路。

從辭職到現在，我已有半年多沒有工作，爸爸為我的工作擔憂，他肯定覺得我任性，絲毫不考慮將來。可他不知道，因為他沒承擔起父親的責任，我一直在考慮將來，也一直在為將來努力。

爺爺生病前，甚至可以說我上大學時，我就想過，要回到海島定居。只是衣食住行都需要錢，我已經花了不少爺爺的養老金，不能再拖累他，為了「回家定居」的這個計畫，我努力加班、努力賺錢，計畫著等賺夠了錢就回到海島，租一家靠海的老房子，改造成咖啡館，既可以照顧爺爺，又可以面朝大海，享受我的人生。可是，子欲養而親不在，時光沒有等我。

如果我早知道爺爺會這麼早走，如果我早點告訴爺爺其實我並不留戀大城市，也許……但是，世間沒有早知道。

正在自怨自艾，忽然聽到吳居藍說：「浴室打掃完了，妳還有什麼工作要我做嗎？」

我抬起頭，看到他從浴室的方向朝我走過來，步履間，蕭蕭肅肅，一身廉價的白衫黑褲，卻被他穿出了魏晉名士「飄如浮雲、矯若驚龍」的氣勢。我忍不住盯著他看了一瞬，才說：「沒什麼工作了，我帶你參觀一下你要生活的地方吧！」

我站起身，誇張地張開雙手，比劃了一下，「如你所見，這是棟老房子，是沈家的老宅……」

據爺爺說，老宅是他的爺爺年輕時冒險下海，採珍珠賣了錢後蓋的。因為海島實在太窮，三個姑婆遠嫁、爺爺離家，老宅再沒有人住，逐漸荒蕪，屋簷上都長滿了青苔。爺爺離開打撈局後，沒有選擇留在城市，而是回到家鄉，把老宅整理出來，定居故土。

不同於大陸上傳統的土木結構，老宅是磚石結構，海島居民就地取材，用青黑色的亂石砌牆，青灰色的瓦覆頂，蓋成了敦實的房子，既不怕颱風，也能防潮防蛀。

老宅的主屋呈「7」字形，不過是橫長、豎短。上下兩層，樓下是兩間大套房，一間是客廳，一間是書房，客廳在「7」字的橫上，書房在「7」字的豎上，都非常寬敞。因為爺爺有風溼，上下樓不方便，書房後來也做了臥房用。

上下樓的樓梯在「7」的拐角處，沿著樓梯上去，「7」的橫上有兩間屋子，「7」的豎上有兩間屋子，都是帶獨立衛浴的臥房，靠近樓梯的兩間臥房比較小，擺了一張雙人床和幾件簡單的傢俱後，就沒有什麼多餘的空間。這兩間臥房算是客房，是為了方便爸爸他們回來小住。說起來，老宅能裝修得這麼「現代化」，還要感謝沈楊暉。沈楊暉六歲那年，回來後住不慣，哭著鬧著一定要走。爺爺為了不委屈孫子，用了半年時間，請人做了一次大翻修，替老宅裝了淋浴設備和抽水馬桶。可其實，爸爸他們回來的很少，兩、三年才能回來住個兩、三天。

兩間大的臥房在「7」字的橫、豎兩頭，有內外隔間，放了床、書架、書桌、藤沙發、藤椅後仍很寬敞。橫上那一間曾是爺爺的臥室，豎上那一間是我的臥室。

廚房是一間獨立的石瓦平房，在主屋的左側方，和主屋的「7」字構成了一個「門」字形。「門」字那一點的地方是一個花圃，那株至少一百歲高齡的公孫桔就在花圃中。聽爺爺講，他也不知道公孫桔究竟多少歲了，反正聽他阿爸說，他小時就會從樹上摘桔仔擠出汁，用來蘸土魠魚吃。

「門」字左邊的豎頭上，是一個長方形的花圃，緊靠院牆的地方種著龍船花和九重葛，靠著廚房的牆邊有一個水龍頭，用青石和水泥砌了排水溝，方便洗刷東西。

「門」字右邊的豎頭上是一塊空地，種著龍吐珠和七里香，正好在書房和我的臥室窗戶外。

「門」字中間是長方形的庭院，青黑色的石頭鋪地，零散地放著盆景，「門」字開口的方向就是院子正門。

領著吳居藍參觀完所有房間後，我站在二樓客房的窗戶邊，俯瞰著整個院子，背對著吳居藍說：「我打算開一家民宿，一個人肯定不行，這就是我為什麼留下你的原因。」

藏在心頭的小祕密，第一次與人分享，我有些異樣的激動，沒忍住地說：「從回來的那天起，我就沒打算離開了。不管北京再大、再繁華，都和我沒有絲毫關係，我永遠都像是寄人籬下的客人，這輩子我已經嘗夠了寄人籬下的滋味，就算過得窮一點，我也要待在自己家裡。」

話說出口後，我才覺得交淺言深，說得太多了，有點訕訕，我忙轉移了話題，裝出嚴肅的樣子說：「老宅的地段不好，離海有點遠，不會是遊客的首選，所以我要以特色取勝，有了口碑後，自然會有客人慕名而來。以後，我就是民宿的老闆，你就是民宿的服務生，我是靠腦子吃飯，你是靠體力吃飯，所以，所有的有關體力的工作都由你來做……」我突然有點擔心民宿還沒開張就嚇跑這個免費的夥計，又趕緊說：「當然，一個民宿而已，又不是建築工地，也沒什麼很髒、很累的工作，只要勤快一點就好了。」

吳居藍「嗯」了一聲表示明白，「我住哪裡？」

我說：「就這間。」這是我幾經思考做的決定，既然要開民宿，理論上來講，應該讓他住在樓下的書房，樓上的房間作為房間出租。可是，我現在還沒有做好準備，捨不得讓別人住進爺爺住過的地方，只能讓他住到樓上來。兩間客房裡，這間和我的臥室靠在一起，方便我「監視」他，畢竟他還是個陌生人。

「這間房子我弟弟剛住過，床下的抽屜裡有乾淨的床單、被罩、枕頭套，你自己換上。廁所你要想打掃，就自己打掃吧，抹布掛在洗手臺前，清潔劑在洗手臺下的櫃子裡。」

「好。」吳居藍爽快地答應了。

「我今天累了，想早點睡，你也早點睡吧！等休息好了，我們還有很多工作要做。」

我替吳居藍關好門，進了自己的臥房。

連著幾天沒有休息好，今天早上又起得早，我的頭有點昏沉，幾乎迫不及待想爬上床休息，可是，隔壁還有個人。

雖然，他通過了今天下午的考驗，但這世界上有一種人，白天看著衣冠楚楚、人模人樣，到了晚上，就會變身。人心隔肚皮，誰知道吳居藍是不是這樣的人？

我把門反鎖好，搬了個方凳放在門後，方凳上倒放著一個啤酒瓶，只要半夜有人推門，啤酒瓶就會摔到地板上，我能立即醒來。

枕頭下放了一個小手電筒；枕頭旁放著手機，警察局的電話設置成緊急呼叫，隨時隨地能以最快的速度撥打；床下放了一把西瓜刀。

我想了想，似乎沒有遺漏，特意穿上一雙厚棉襪，躺到了床上。雖然很不舒服，可電影裡總會演一個女人在危急時刻，不得不赤腳逃跑，以防萬一，我覺得還是穿著襪子比較有安全感。

剛開始，我一直抵抗著睡意，豎著耳朵聽外面有沒有異常的動靜，可漸漸地，我被睏意淹沒，徹底昏睡了過去。

Chapter 3

青梅竹馬來

不管過程如何，都不重要了，
重要的是我們都好好的長大了，這就是最好的事情！

一夜無夢，醒來時，迷迷糊糊看了眼手機，已經快九點。

我閉上眼睛，還想再瞇一會兒，腦海裡突然浮現出吳居藍的面孔，一個激靈，猛地翻起身，探頭看向門口——那個倒扣的啤酒瓶筆直地立在那裡，像是一個盡忠職守的守衛，向主人彙報著昨夜絕對沒有壞人企圖闖入。

我果然沒有看錯人呢！喜悅如同氣泡一般，從心底汩汩冒出，我忍不住地咧開嘴笑著。一邊傻笑，一邊又躺回了床上。

這一覺睡了整整十個小時，數日來的疲憊一掃而空，連心情都好了許多。

我伸了個大大的懶腰，瞇著眼想，吳居藍起來了嗎？不知道他昨天晚上休息得如何……正想著，聽到有聲音從院子裡傳來，我從床上一躍而起，跑到窗口，探頭向下望去——

天空湛藍，陽光燦爛，院子裡綠樹婆娑、鮮花怒放，彩色的床單被罩掛在竹竿上，隨著海風一起一伏地飄揚著。吳居藍白衣黑褲，站在起伏的床罩被罩間，正把洗乾淨的衣服一件件掛起。

也許天空過於湛藍、陽光過於燦爛，也許樹太綠、花太紅，這麼一幕簡單平常的家居景象，竟然讓我的心剎那變得很柔軟溫暖。我含著一絲微笑，一直定定地看著。

隨風飄揚的床單和被罩如同起伏的波浪，一時揚起、一時落下，吳居藍的身影也一時顯、一時隱。他掛好最後一件襯衣後，抬起頭看向我，碎金的陽光在他四周閃耀，讓他的身影看似清晰又模糊，我輕輕揮了下手，揚聲說：「早安！」

吳居藍微微一笑，對我說：「早安。」

「吃過早飯了嗎？」

「沒有。」

我一邊綰頭髮，一邊說：「等一下，馬上就好。」

我衝進廁所，飛快地漱洗完，又衝進廚房，開始做早餐。這個時間已來不及煮粥了，我打算煮兩碗龍鬚麵，炒一碟番茄雞蛋，就吃番茄雞蛋麵吧！

我做飯時，吳居藍一直站在廚房門口看著，我想人家已經洗了一早上的衣服，就沒再使喚他。

吳居藍問：「現在做飯都是用這種爐子嗎？」

我一邊看著鍋裡的麵，防止溢出來，一邊翻炒著番茄，說：「我們用的是瓦斯，大陸上的城市一般都是用天然氣。」

等做好飯，一人盛了一碗麵，坐在廚房的屋簷下，開始吃早飯。

我偷偷看吳居藍，他沒什麼表情，慢慢地吃著，倒是沒再挑食，不管是番茄，還是雞蛋都吃。

我忍了半晌沒忍住，問：「味道如何？」

吳居藍淡淡瞥了我一眼，什麼都沒說。

我明白了，不過已經習慣了他的嫌棄，又是匆匆忙忙做的早飯，也沒指望他滿意。我嘀嘀咕咕地為自己辯解：「我的廚藝雖然不能和飯店的大廚比，可從小就開始做家事，家常小菜做得還是不錯的，連總是挑我錯的楊姨也說我飯做得不錯，你估計是吃不慣我們這邊的口味。」

吳居藍低著頭，專心吃麵，一聲不吭。

我很憂鬱地發現了吳居藍的一個「美德」，他不撒謊，即使所有人認為無傷大雅、用來潤滑人際關係的小謊言，他也絕不肯說。對著這麼「剛正不阿」的人，我悻悻地嘮叨了幾句，只能算了。

兩人吃完飯，吳居藍自覺收拾了碗筷去洗碗，已經做得有模有樣，不像昨天那樣需要我時不時地提醒，我放下心來。

看看認真洗碗的吳居藍，再看看院子裡，昨天買給吳居藍的衣服，昨晚他換下的床單被罩，爸爸和繼母住過的房間的床單被罩，都洗得乾乾淨淨，晾曬在竹竿上，把院子擠了個滿滿滿。

現在這社會，正經八百去徵人，只怕都找不到這麼勤快的人。我第一次覺得自己是好人有好報，做了一個很英明的決定，也越發納悶，皮相這麼好，又這麼勤快的人怎麼會淪落到衣衫襤褸，暈倒在我家門口？

不過，從小的經歷讓我明白，每個人都會有一些不足為外人道的經歷，他若不說，我也不會刺探，己所不欲，勿施於人。

⋆ ⋆ ⋆

我跟吳居藍打了聲招呼，去書房工作。

從樓梯旁的廁所外經過時，我突然停住了腳步，廁所裡乾乾淨淨，一點都不像用過的樣子。洗衣機的電源指示燈黑著，掀開蓋子再一看，乾乾的，一滴水都沒有。

我不鎮定了，幾步跑出客廳，「吳居藍，你早上怎麼洗衣服的？」

吳居藍隔著廚房的窗戶，看著我，沒明白我究竟想問什麼。

我問：「你有沒有用洗衣機？」

吳居藍搖了下頭。

雖然已經猜到，可親口證實了，依舊覺得難以相信。我指著院子，吃驚地問：「這麼多衣物，你都是手洗的？」

「手洗不對嗎？」吳居藍反問。

「不是不對。不過，你手不疼嗎？下次洗大件的東西用洗衣機，有力氣也不是這麼浪費的！」

吳居藍面無表情地說：「我手不疼，這點力氣對我不算什麼。」

我被噎得一時不知該說什麼，索性蠻橫地說：「反正下次洗床單被罩用洗衣機，我的洗衣機不能白買了！」

吳居藍沉默了一下說：「好。」

我轉身走進書房，坐在電腦桌前，一邊等著電腦開機，一邊還驚異地看著院子裡的床單和被罩，覺得吳居藍勤快得太不可思議了。

現在手洗衣服的人還很多，可手洗床單被罩的人已經很少了。不過，也不是沒有，就這條街的鄰居黎阿婆，為了省水費和電費，到現在家裡也沒買洗衣機，當然，黎阿婆家是這條街上最窮的幾戶人家之一。

吳居藍家裡應該也很窮，窮到沒有洗衣機，所以習慣於手洗床單和被罩。

電腦開好了，我收拾起心緒，開始好好工作。

腦子裡想過了一遍後，我把要做的事一件件羅列出來。第一件事，當然是要去申請營業執照等相關經營私人民宿的文件。我之前已經打聽過，這事雖然有點繁瑣，但並不難。現在海島政府大力發展旅遊，很支持本地居民做一些有特色的小生意，發展文化旅遊、綠色旅遊。像我這種「土著」辦理這些，只是時間的問題，讓我擔心的是裝修以及未來的經營。

老宅雖然舊了，自住還是挺舒服的，可自己住和讓客人住是兩個概念，至少每個房間都要翻新一下，安裝電視和無線網路，窗簾、床單、被罩、浴巾什麼的都要準備新的。

我在北京工作了三年半，省吃儉用，總共存了十二萬。辭職回家後，陸陸續續花了一萬多，現在銀行裡還剩十萬多。這是我現在除了老宅外，全部的資產，我必須考慮到民宿一開始有可能會不賺錢，替自己留一些生活費和民宿剛開始的營運費用，能花在裝修上的錢很有限，必須精打細算。

我在網上查閱著別人的裝修經驗，多瞭解一些，既能少走彎路、多省錢，又能監督施工、防止被矇騙。

我正在一邊看影片，一邊做筆記，突然看到一隻白淨修長的手伸過來，戳了戳電腦螢幕上的人像，戳了幾下不夠，又摳了幾下，似乎很好奇為什麼螢幕裡會有活靈活現的人。

這是什麼狀況？

我呆了一會兒，才扭過頭，無語地看著不知道什麼時候站在我身後的吳居藍。

吳居藍面無表情地和我對視著，從容平靜，甚至有一種高高在上的冷淡。如果不是親眼所見，我肯定會覺得剛才又戳又摳電腦螢幕的傻子絕對不是眼前這人。

我忍不住地問：「你沒有用過電腦嗎？你以前打工的錢都要寄回家嗎？」雖然電腦在現代社會已經算普及，但在很多窮的地方，別說電腦，彩色電視都還買不起。以我對吳居藍家庭狀況的判斷，他沒有電腦很正常，只是，就算家裡買不起電腦，可也有一個地方叫「網咖」。很多買不起電腦的打工族照樣會玩遊戲、聊QQ[5]，除非他和我一樣，需要省吃儉用的存錢，把一切消費活動全

5中國的網路通訊軟體之一。

部砍掉了。

我一瞬間腦中想了很多，連「吳居藍父母身患絕症，吳居藍必須把打工的錢全部郵寄回家」的感人情節都想了出來。

吳居藍沒有回答我的問題，只是不屑地看著我，冷淡地說：「妳想多了，不是買不起，而是用不著。」說完，他竟然一轉身走了，用挺直的背影表明：大爺不稀罕！

我看著他的背影，心裡又是一萬頭草泥馬奔騰而過，又是好笑，又是難受。這個傲嬌6的男人，即使自尊心受傷了，也不願撒謊說自己用過電腦，只會簡單粗暴地用不屑和冷淡來掩飾自己，我想起了小時候的自己。那一年我六歲，爸媽正又吵又打地鬧離婚，誰都顧不上我，連我的褲子短了也沒人察覺。一起玩耍的小朋友的媽媽留意到我的窘迫，好心地買了兩條褲子給我，可敏感的我第一時間不是感激，而是被戳到痛處的難堪，死活不肯收那兩條褲子，還一遍遍強調我媽媽買了很多新褲子給我，只不過我不喜歡穿新衣服，就喜歡穿舊衣服。

我跳了起來，幾步跑過去，攔住吳居藍，「碗洗完了？」

「洗完了。」

我推著吳居藍往電腦桌邊走，「還有事讓你做，過來！」

吳居藍瞅著我，沒有動。我猶如在推一座大山，無論多用力，都紋絲不動。

我惱了，睨著他，「我是老闆，難道不是我吩咐什麼，你做什麼？」

吳居藍跟著我走到了電腦桌前。

我坐下後，拿了個凳子，示意吳居藍也坐，一副公事公辦的樣子，「我在研究如何裝修民宿，你也得學習一下，這可是咱倆以後安身立命的東西，想要吃好喝好必須要用心。」

我打開網頁瀏覽器，示範了一遍如何使用搜索功能，只要學會用搜索，其他一切慢慢地就會學會。我刻意放慢了速度，吳居藍坐在旁邊，一聲不吭地看著。

我突然想起來，他都沒有用過電腦，很有可能不會鍵盤輸入，「你拚音好，還是字寫得好？」

吳居藍思考了一瞬，才說：「寫字。」

我立即下載了一個五筆輸入法的程式，簡單示範了一下後，對吳居藍說：「這東西只要背熟字根，練習一段時間就能上手。」

以前爺爺自學電腦的書還在，我從書架上抽了出來，放在吳居藍面前，讓他跟著書學習。

吳居藍拿起書靜靜翻閱著，我站在他身旁，視線不經意地從院子裡掠過，看到隨風飄揚的床單被罩，腦海中乍然出現一個念頭：吳居藍不用洗衣機，該不會是因為他壓根兒不會用吧？

我被自己的這個念頭驚住了，卻覺得很有可能，他究竟是從哪裡來的？某個偏遠地區的深山老寨？電器還沒有普及？難怪他第一次說話時口音那麼奇怪……

雖然有點好奇，但我沒打算把吳居藍發展成男朋友，不會負責他的後半生，更沒有興趣探究他的前半生，重要的是解決眼前的問題。

6源自日語「ツンデレ」，日本次文化用語，指外表看似高傲，但實際上做得和說得又不一樣的性格。

家裡的電器還有空調、微波爐、冰箱、電鍋、電視機、ＤＶＤ播放機……也不知道他究竟用過什麼，沒用過什麼。

我想了想，翻箱倒櫃，把壓在櫃子最底層的所有電器的說明書拿了出來，放到書桌一角，「這是家裡所有電器的說明書，你有時間看一下。」怕傷到他的自尊心，我又急忙補了一句，「不同牌子的電器、不同年代生產的產品，使用方法都會不同，你看一下，省得你按照以前的經驗想當然地操作，把我的東西搞壞了。」

幸虧吳居藍沒有我小時候的敏感變態，聽完我的吩咐，只簡單地回覆：「好。」

我帶好身分證、戶口名簿等覺得可能用得上的文件，出門去申請經營私人民宿的執照資料。

本來想著就那麼點事，應該花不了多少時間，沒想到手續真跑下來還挺繁瑣。一會兒要照片，一會兒要近期的體檢證明，幸好我是海島的「土著」，不管到哪裡，總能碰到同學，或者同學的同學，省了好多工夫。可就這樣，我跑來跑去，折騰了整整一天，才算全部搞定。

快六點時，我提著一個順路買的西瓜，疲憊地回到家裡。有氣無力地叫了一聲「我回家了」，就癱倒在藤椅上。

吳居藍看了我一眼，沒吭聲地提起西瓜進了廚房。

過了一會兒，他端著一水果盤上有削去皮、切成方塊的西瓜出來，盤沿上還貼心地放了一把水果叉。

我有點意外，他今天早上的表現可不像是懂得用水果盤和水果叉的人，不過美食當前，懶得深究。我喜笑顏開地用叉子叉了一塊西瓜，「謝謝！」

慢悠悠地吃完半盤西瓜，我才覺得恢復過來，對吳居藍說：「我和裝修師傅約好了，他明天下午過來看房子，估算裝修價格。你明天早上一定要把房子打掃乾淨，能省一點錢是一點錢。」

吳居藍「嗯」了一聲，表示明白。

已經是晚飯時間，我琢磨著隨便煮點麵湊合一頓算了，「砰砰」的拍門聲突然響起。

我一邊起身，一邊問：「誰啊？」

「是我！」

江易盛的聲音，我的老鄰居，兩人算是一起長大、兩小無猜的「青梅竹馬」。因為從小就智商非常高，不用上課照樣拿年級第一，秒殺了我等凡人，小時候的外號是「神醫」，如今是海島人民醫院的外科主刀醫生。「易盛」和「醫生」諧音，就算叫「江易盛」聽著也像叫「江醫生」，大家索性就亂叫了。

照往常，我早跑著去開門了，這會兒反倒停下了腳步，一邊嘴裡說著「來了」，一邊遲疑地看向吳居藍。

吳居藍十分敏銳，立即察覺出我的疑慮，轉身就要迴避到屋裡。我攔住了他，一瞬間有了決定，我光明正大做生意、僱傭人，沒什麼要躲藏的。

門。

我對吳居藍小聲說：「我的好朋友，人很好，待會兒介紹你們認識。」說完，幾步跑去開了

「小螺，不要做飯了，今天晚上去外面吃。」江易盛一邊說話，一邊走進了門。

他身後還跟著兩個人，一個穿著連衣裙的年輕女子，長髮披肩、身段窈窕、臉容秀美；一個戴著眼鏡、氣質斯文、舉止有禮的男人，竟然是昨日見過的周不聞律師。

我愣了一下，客氣地先和周不聞打招呼：「周律師，您好。」

江易盛哈哈大笑，搭著周不聞的肩說：「好可憐，真的是對面不相識呢！小螺，妳仔細看看，真的不認識他了？」

周不聞微笑地看著我，和昨日那種疏離客氣的職業性微笑截然不同，他的笑帶著真正的喜悅，甚至有幾分緊張期待。我滿心困惑，恨不得踹一腳故弄玄虛的江易盛，卻慣於裝腔作勢，禮貌地笑著說：「周律師，我們昨天剛見過，怎麼會不認識？」

江易盛怪聲怪調地長嘆了口氣，剛要出聲，周不聞拉了下江易盛的胳膊，阻止了他的話。周不聞凝視著我，微笑著說：「小螺，是我，大頭。」

我臉上禮貌的笑立即消失了，震驚地看著周不聞。

李大頭，原名李敬，我少年時代最好的朋友。記憶中的他，瘦瘦的身子、大大的頭、長腿長腳，配上幾分猙獰的凶狠表情，學校裡沒有人敢惹他。眼前的這個男子，身材頎長、彬彬有禮，細看下除了眉眼有幾分似曾相識，再找不到記憶中的樣子。

我十歲那年，因為爸爸再婚、繼母懷孕，局促的家裡再沒有我的容身之地，被爺爺接回了老家。我不會說閩南話，也不會說黎族話，一口字正腔圓的普通話，在學校裡十分惹人注意。剛開始同學還對我又好奇又羨慕，可很快爸爸不要我、媽媽跟野男人跑掉的消息就在學校裡傳開了，同學們的好奇羨慕變成了憐憫鄙夷。那時候，我像個刺蝟一樣，用尖銳的反擊去保護自己支離破碎的自尊，沒多久就變成了同學們的眼中釘、肉中刺，作業本被扔進廁所、放學路上被吐口水、甚至有男同學捉了蛇放到我書包裡……長大後，回過頭看，不過是小孩子的惡作劇，可那些惡作劇，讓當年的我如同身處地獄，直到李大頭搬來。

他和我一樣，會說字正腔圓的普通話，沒有爸爸、也沒有媽媽，和奶奶生活在一起。不過，他沒有父母，並不是因為父母離婚，而是因為爸爸死了。某段時間，我曾很偏激地想，我寧可像他一樣，至少想起來時，爸爸是不得不離開我，而不是主動遺棄了我。

他和我一樣都是睚眥必報的人，但也許因為他是男生，也許因為他沒有和繼父、繼母生活的經驗，他的反擊都是光明正大的，不像我，總是拐彎抹角。他很會打架，一個人能打倒三個欺負他的高年級男生，不管你罵他什麼，反正他會打到你服了他，他用純粹的力量讓所有人不敢再惹他。

李大頭比我高三個年級，雖然兩人都住在媽祖街，上學放學時，常常能看到彼此，但完全沒有交集。直到有一次，我被同學圍堵在學校的小樹林裡，逼問我「妳媽是不是跟著野男人跑了」，李大頭突然出現，粗暴地趕跑了所有人，警告他們不許再招惹我，否則他見一次打一次。

從此，我就跟著李大頭混了。漸漸地，我們學會了閩南話，也會講一點點黎語，融入了海島生活。後來，還和同一條街上真正的土著江易盛成為了好朋友。

三人在一起玩了三年多，好得無分彼此、幾乎同穿一條褲子，直到我十三歲那年收到了李大頭的情書，才突然意識到我是女生、他是男生。面對李大頭歪歪扭扭的「我喜歡妳」幾個字，我完全傻掉，完全不知道該如何回覆。

當我糾結苦惱該如何回覆人生中的第一封情書時，李大頭的奶奶腦溢血突然去世，他媽媽回來接走了他，離開得十分匆忙，甚至沒有來得及和我們告別，那封情書自然也就不用再回覆了。

聽鄰居八卦說，他媽媽運氣好，再婚嫁給有錢人，是個南洋那邊的華僑，對她很好，但是一直沒有孩子。這次李大頭過去，只要得了繼父的喜歡，肯定會享福的。

隨著時間流逝，李大頭在我的記憶中漸漸遠去，但因為他陪著我度過了人生中最艱難的三年，還有那封我一直沒有回覆的情書，他在我日漸模糊的記憶中始終牢固地占據著一個角落。

江易盛推了我一把，「妳發什麼呆啊？究竟記不記得？」

我回過神來，一時間心裡百般滋味交雜，甚至有些說不清道不明的尷尬，勉強地笑了笑，「一起玩了三年多的朋友，怎麼可能記不得？快進來坐吧！」

我忙著搬藤桌、藤椅，招呼他們坐。江易盛讓我別瞎忙，我卻充耳不聞，跑進廚房把剩下的一半西瓜切了，等把一片片的西瓜整齊地疊放在水果盤裡，我的心情才真正平復下來。

我端著水果盤、拿著水果叉走出廚房，看到吳居藍和江易盛、周不聞坐在一起，正彼此寒暄。

吳居藍微笑著自我介紹說：「我叫吳居藍，是小螺的表哥，昨天下午剛來海島。」

我腳下一個踉蹌，差點把水果盤砸到吳居藍頭上。吳居藍卻好像早有預料，一手穩穩地扶住了我，一手把水果盤接過去，放在了藤桌上，笑看著我說：「小螺一貫獨立好強，凡事都不喜歡麻煩人，但她越是這樣，我越是放心不下，反正我工作也自由，索性跑來陪她一段時間。」

周不聞問：「吳先生是做什麼的？」

「程式設計師，俗稱RD，我們這種工作在哪裡做都一樣，只要照客戶要求按時交案就好。」

你還程式設計師？今天早上是誰對著電腦又戳又摳的？我瞪著吳居藍。

吳居藍笑咪咪地看了我一眼，一邊拖著我坐到他身旁的藤椅上，一邊非常禮貌親切地對周不聞說：「叫我吳居藍就好了，否則我也得叫你周先生了。」

江易盛半真半假地抱怨：「小螺，妳都從沒告訴過我妳還有這麼出色的表哥。」

我呵呵乾笑著說：「大家吃西瓜。」我也從不知道我有表哥，不過，他非常合理地解釋了他的出現，以及登堂入室住進我家，沒給我添一絲麻煩。我決定收回他「剛正不阿、不會撒謊」的評價，他不是不會撒謊，而是太精明，所以無傷大雅的謊言根本不屑說。

江易盛和周不聞看我似乎不太願意多談表哥的事，也都知道我和媽媽的關係很尷尬，所以都識趣地不再多提。

周不聞指著自己身旁的美麗女孩說：「小螺，我替妳們介紹一下。周不言，我的堂妹。」

我笑說：「妳好，我是沈螺，以前是周不聞的鄰居、好朋友。」

周不言甜甜地笑了一下，說：「妳好，沈姊姊，我常常聽我哥說起妳，一直都想見見妳呢！」

我覺得她話裡有話，卻分辨不出究竟是什麼意思，只能禮貌地笑笑。

周不聞向我賠罪：「昨天的事情，很抱歉。明明知道是妳，我卻裝作完全不認識。」

我說：「我明白的，你是為我好。」繼母那脾氣，如果讓她知道我和處理遺產的律師認識，一定會懷疑遺囑是假造的。

江易盛說：「別光顧著聊天了，先說說晚上想吃什麼吧！」

周不聞和江易盛商量著去哪裡吃飯，我今天在外面跑了一天，很疲憊，興致不是那麼高，只是「嗯嗯啊啊」地附和著。

周不聞笑說：「跑來跑去挺折騰的，我們老朋友相聚，吃什麼不重要，要不叫點外賣算了。」

我還想客氣一下，江易盛瞅了我一眼，說：「正好我也懶得跑了，我來叫吧！」他在海島上是頗有點聲望的主治醫生，三教九流都願意給他面子，別說送外賣的店鋪，就是不送外賣的店鋪，他打個電話，也會把東西送過來。

江易盛問了下各人忌口的食物，打電話叫了外賣。

半個多小時後，一個騎著電動車的外送人員就把外賣送了過來，江易盛叫的是燒烤。兩個大塑膠箱，一個裡面放著各式燒烤，都用雙層鋁箔紙包得嚴嚴實實，既乾淨，又保溫，鋁箔紙打開時，還冒著熱氣；一個裡面放著冰塊，冰鎮著酒水和飲料。

我看著桌上的烤魚、烤蝦、烤生蠔、烤蘑菇、烤玉米……二十多種燒烤、琳琅滿目。這家燒烤店因為食材新鮮、味道好，在海島很出名，每天晚上都是排長隊，別說送外賣，連預訂都不接受，江易盛竟然一個電話就能讓人家乖乖送上門，我不得不佩服地對江易盛拱拱手。

江易盛反客為主，笑咪咪地招呼大家，「趁熱吃吧，不夠的話，我們再叫。送來的時間和在店裡等的時間也差不多。」

幾人拿著啤酒，先碰了一下杯，慶祝老朋友多年後重聚。一杯啤酒下肚，氣氛熱絡了幾分。周不聞把一串烤魷魚遞給我，「妳小時候最喜歡吃這個，也不知道現在還喜歡吃不？」

我笑著接了過來，「仍然喜歡。」中午在外面隨便吃了一碗米線，這會兒真餓了，又是自己喜歡吃的東西，立即咬了一大口。

我一邊滿足地吃著，一邊看吳居藍，本來還擔心他又吃不慣，沒想到他吃了一口烤魚後，竟然對我微微一笑，又吃了第二口，表明他也喜歡這家店的食物。

我放下心的同時，鬱悶地暗嘆了口氣，看來的確是我自己手藝不精。

吳居藍和周不言都清楚自己今晚只是陪客，一直安靜地吃東西。

我從小就不是能言善道的人，說的也不多，一直聽著江易盛和周不聞說話。從他倆的聊天中，我大致知道了周不聞的狀況——他隨著媽媽和爸爸先去了馬來西亞，高中畢業後，去美國讀大學，現在定居福州市，在一家知名的律師事務所工作，父母身體健康，沒有女朋友。

從他的描述中，能感覺到他的繼父對他很好，所以他語氣親暱地以「爸爸」稱呼。如果不是知道底細的老朋友，肯定會以為是親生父親。

江易盛和我都是聰明人，不管周不聞是否介意，都刻意迴避了往事，也沒有詢問他什麼時候改的名，連小時候的稱呼，都把「李」的姓氏省掉，只叫「大頭」，就好像他一直都叫周不聞。

等江易盛和周不聞聊完自己的事情，擔心地談論起我，我才後知後覺地發現，他們倆如今都是社會精英，萬事不缺，只缺一個女朋友。相比而言，我是混得最淒涼的一個，在人才濟濟的北京，我資質平庸，做著一份很普通的工作，如今連這份工作都沒了，處於失業狀態。

周不聞關心地問：「妳有什麼打算？還打算回北京工作嗎？」

我說：「我在北京住得不習慣，不想再回北京了。」

周不聞說：「可以考慮一下福州，妳要想找工作，我可以幫忙。」

周不言笑著插嘴：「我哥平時可會糊弄人了，對沈姊姊說話卻這麼保守。沈姊姊，妳別聽我哥謙虛，他肯定能幫妳搞定一份好工作，至少，大伯在福州就有公司，肯定需要會計。」

我還沒說話，江易盛已經認真考慮起來，「福州挺好的，不算遠，飲食氣候都相近。只是，小螺妳走了，這棟老宅子怎麼辦？房子沒有人住，要不了多久就荒蕪了。」

周不言說：「沈姊姊，我正好有件事想和妳商議一下。」

我不解地問：「什麼事？」

周不言咬了咬唇，說：「這兩天我在島上閒逛，發現這裡的老房子都很有意思。我很喜歡這裡，也很喜歡這些石頭建的老房子，本來想買一棟，可和民宿的老闆聊過後，才知道這裡的老房子不是商品房，政府不允許買賣，外地人只能長租。我們那家民宿的老闆就是長租的，二十年的租約。我剛才一走進來，就很喜歡這棟房子，既然姊姊要去外地工作，房子空著也是空著，不如長租給我，我願意每年付十萬的租金。」

我聽到十萬的租金，有點吃驚。據我所知，就是那些地理位置絕佳、能看見大海的老房子一年的租金也不過七、八萬。不管周不言是有錢沒處花，還是看在周不聞的面子上，都很有誠意了。我微笑著說：「謝謝妳喜歡這棟房子，但我目前沒有出租的計畫。」

周不言看了周不聞一眼，帶著點哀求說：「沈姊姊是怕我把房子弄壞了嗎？沈姊姊，妳放心，我沒打算租來做生意，只是自己每年過來住幾個月，頂多重新布置一下，絕不會更動格局。」

周不聞幫腔說：「不言從小學繪畫，現在做首飾設計，她很喜歡老房子、老傢俱、老首飾，對這些上了年頭的東西十分愛惜，租給她，妳真的可以放心。」

江易盛明顯心動了，也勸說：「小螺，老房子需要人氣，空屋壞得更快。反正妳要出去工作，空著也是空著，不如就租給不言吧！大不了租約簽短一點，反正大家是朋友，一切都可以商量。」

周不言頻頻點頭，「是啊，是啊！」

話都說到了這個分上，我沒有辦法，只能坦白說：「如果我打算離開海島，出去工作，肯定願意租給不言，但我想留下來，要自己住。」

幾個人都大吃一驚，島上除了旅遊和打漁，再沒有任何經濟產業，除了像江易盛這樣工作性質特殊的，島上的年輕人都是能去外面就去外面，畢竟機會多、錢也多。

江易盛問：「妳留下來打算做什麼？」

我不好意思地說：「我打算開民宿。」

江易盛拿起一串燒烤，一邊吃，一邊慢悠悠地說：「雖然我覺得有點不可靠，不過，妳要真鐵

---

7 大陸用語，興起於八〇年代，由房地產公司統一設計，大量建造後，以市場價格出售的房屋，依相關法律可在市場上自由交易。

了心做，我支持。」

「謝謝！」我舉起杯子，敬了江易盛一杯。

周不言悶悶不樂、臉色很難看。

周不聞拿起酒杯，笑著說：「小螺開民宿，妳想過來住就隨時可以來住啊！這樣不是更好？」

周不言反應過來，忙拿起杯子，笑著說：「那我就等著沈姊姊的民宿開張了。」

幾個人碰了下杯，紛紛祝福我民宿早日開張、財源廣進。

吃吃喝喝、說說笑笑，一直到晚上十點多，周不聞和江易盛才起身告辭。

站在院子門口，周不聞看著我，欲言又止。

江易盛是個人精，立即聞弦歌知雅意，又哄又拉地拖著周不言先走，給周不聞創造了個可以和我單獨說話的機會。可惜，吳居藍一直站在我身後，周不聞不得不壓下滿腹的欲言又止，惆悵地離開了。

我先跟著繼父生活，後跟著繼母生活，寄人籬下的日子讓我小小年紀就學會了察言觀色，不是沒感覺到周不聞想說點什麼，但今天他的出現已經夠突然，我還沒有做好準備和他深談，索性裝作沒有感覺到。

我關上院門，心思恍惚地上了樓。

在床上呆呆坐了一會兒，突然翻箱倒櫃，從床下的儲藏櫃裡翻出了小時候的東西。一個舊鐵皮餅乾盒，裡面裝著一些七零八碎的小東西，最底下藏著我人生中收到的第一封情書。

我並沒有細讀，只是拿在手裡摩挲著。時間久了，信紙已經有點泛黃發軟，紙上的字看上去越發顯得幼稚，但字裡行間凝聚的時光是兩個倉皇無措的孩子相依取暖的美好時光。

我看著看著，忍不住微微笑起來，久別重逢的喜悅到這一刻才真正湧現。

那些年，當我在爺爺身邊，過著平靜溫暖的日子時，曾無數次擔憂過他。怕他被繼父厭棄，怕他沒有辦法繼續讀書，怕他一不小心學壞走上歧途。

時光讓我們分離，時光又讓我們再次相聚。

我知道了，他的繼父對他很好，他不但繼續讀完了書，讀的還是國外的名校大學。他現在有溫暖的家，很好的事業，還有相處和睦的堂妹。

我笑著想，不管過程如何，都不重要了，重要的是我們都好好的長大了，這就是最好的事情！

多年以來，一直掛在我心頭的事終於放下了。我含著笑，把信紙疊好，放回舊鐵皮餅乾盒裡。

Chapter 4

心裡鑽進了螞蟻

明明他的手一點也不溫暖，
可在這一瞬間，卻讓我覺得是這個世界上最溫暖的所在。

清晨，我起床後，驚訝地發現：屋簷下，四四方方的小桌子上，放著一碗白粥、一碗黃燦燦的水蒸蛋、一碟翠綠的涼拌海帶。

我禁不住嚥了下口水，高聲叫：「吳居藍，你做的早飯？」

「不是我，難道是妳？」吳居藍冷淡的聲音從書房傳來，一句本應該輕鬆調侃的話，怎麼聽都像是在譏諷我的智商。不過，根據我對他的瞭解，他應該是純粹覺得我問得多餘。

我懷著一點期待，嘗了一口白粥，立即被驚豔到了。

白粥看似人人都會做，可能把粥熬好的廚師並不多。一口粥含在嘴裡，不硬不軟、不稠不稀、恰到好處，米香味濃郁得都捨不得嚥下，這麼香的粥，我只在廣州的一家老字號小店裡喝到過。

涼拌海帶和水蒸蛋也是各有妙處，一個爽口、一個鮮香，配著白粥吃，格外開胃。我頭都沒抬，就把一個碟子、兩個碗全吃空了。

以前，我看小說裡寫什麼越是簡單的菜越是考驗廚藝，總是不太信，今日這一頓早飯，吃得口齒生香，我終於相信，也終於理解了吳居藍對我的廚藝的嫌棄。

我把碗碟洗乾淨後，走進書房，看見吳居藍正在玩電腦。

我拖了個凳子坐到吳居藍的側前方，胳膊肘搭在電腦桌上，斜支著頭，不說話，只是眼睛一眨不眨地盯著吳居藍。

半晌後，吳居藍的目光從電腦螢幕上移到我臉上，用平靜到冷漠的眼神表示：妳發什麼神經？

吳居藍的皮膚異常白皙，五官硬朗，鼻梁挺直，眼眶比一般的東亞人深，眉毛又黑又長，當他面無表情、冷冷地看著對方時，有點食物鏈頂端生物俯瞰食物鏈底端生物的冷酷高傲，不得不說很有威懾力。

可惜，我已經看過他穿著滑稽、虛弱昏迷的樣子，又親眼看到他勤勞賢慧地洗衣、打掃、做飯，再威嚴的表象都早碎成渣了。

我沒覺得害怕，反倒覺得他像個虛張聲勢的孩子，總是喜歡嚇唬人。鬼使神差，我竟然一伸手，愛憐地捏了捏吳居藍的臉頰。

細膩的肌膚，觸手冰涼。

我齜牙咧嘴笑了一下，才後知後覺地意識到自己在做什麼，一下子愣住了。吳居藍也愣住了。兩個人瞪著對方，都不敢相信我的手正在捏他的臉！

吳居藍視線微微下垂，看向依舊捏著他臉頰的手，眼神十分詭異，讓我覺得，他真有可能下一瞬間就咬斷我的手。

我非常識時務，飛速地縮回了手，把手藏到背後，乾笑著：「呵呵、呵呵……」

吳居藍抬眸盯著我，我立即覺得嗓子發乾，再笑不出來。

我果斷地圍魏救趙，「我吃完你做的早飯了，太好吃了，難怪你會看不上我的廚藝，我自己現在也看不上自己的廚藝了。」

吳居藍完全沒有被我的阿諛奉承打動，平淡地說：「有自知之明就好，以後我做飯。」

我當然不會反對，立即用力點頭，但我的重點不是這個，而是：「吳居藍，你的廚藝這麼好，去五星級飯店做廚師都肯定沒有問題，怎麼會……落魄到我們這種小地方呢？」

昨天我還想過又不打算把他發展成男朋友，沒興趣探究他的過去，但今天已經再忍不住好奇了。沒辦法，誰叫他從頭到腳都是謎團，連我這個看遍小說和電視劇，那麼會腦補的人都想不出來他的經歷。

吳居藍盯著我，微微瞇了眼睛，似乎也在慎重地思考他是怎麼就淪落至此了。

不知為何，我突然打了個寒顫、全身汗毛倒立，就像突然發現毒蛇正盯著自己，本能的驚懼害怕。我身體僵直，一動不敢動。幸好，吳居藍很快就移開了目光，沉默地看著電腦。

我長出了口氣，幾乎癱在電腦桌上，再看吳居藍卻是沒有任何異樣。我十分懊惱，這已經是第二次被他一個眼神差點嚇破膽。我忍不住用手遮住電腦，凶巴巴地說：「我問你話呢！回答我！」

吳居藍看向我，說：「每個人都會碰到倒楣事，我最近運氣不好。」

他並沒有真正解釋，但他的一句話又似乎解釋了很多。我的火氣剎那煙消雲散，覺得有點心酸，不知道該怎麼安慰他，沉默了一會兒後說：「你要暫時沒想好去哪裡，就先留在這裡幫我工作吧！等你想走時，我會給足你旅費。」

吳居藍面無表情，凝視了我一下，什麼都沒說，站起身，揚長而去。

我瞪著他的背影，喃喃咒罵：「一點人情味都沒有！好歹我是在幫你哎！竟然連個笑容都沒有！」

☆ ☆ ☆ ☆ ☆

下午一點多時，我約好的裝修師傅來了，叫王田林，是我初中同學的老公，以前我們就見過，算知根知底的熟人。

我領著他從樓上轉到樓下，把所有屋子都仔細看了一遍，王田林知道我的錢比較緊張，說話很實在，「裝修這事，是個無底洞，同樣的房子，有人花一百多萬裝修，有人花十幾萬裝修，我的想法是我們能省就省，但有些地方絕對不能省。一是為了安全健康，二是便宜東西用個一、兩年就壞了，將來修來修去更花錢。」

很有道理，我「嗯嗯」地點頭。

王田林拿出本子和筆，寫寫畫畫地分析著哪些地方必須要新做，哪些地方可以只翻新一下。八年前裝修的房子，不少地方已經老化，我都一一指了出來，到時候該修的修，該換的換。兩人商量著擬定了裝修計畫。

我相信王田林，也知道他那邊有採購管道，拿到的材料價格肯定比我去外面買便宜，索性委託了王田林幫我採購一切需要的材料。王田林大致算了一下，告訴我材料加人工至少要八萬塊錢。比我預期的價格高一點，但裝修有個一、兩萬的出入很正常，我同意了。因為要採購材料，再加上訂金，我們商定預付五萬，剩下的錢根據工程進度和購買材料所需分次支付。

王田林知道我著急開工，盤算了一番後，定下後天開工。因為不是大動干戈的裝修，王田林又承諾在保證品質的前提下會以最快的速度工作，估算下來，半個多月就可以了。

我感激地問：「預付款是轉帳還是現金？」

「最好現金。」

只是稍微麻煩點，我願意配合，「那我明天送過去給你。」

王田林爽快地說：「我明天一大早就要乘船過海去買材料，晚上才能回來。我們是熟人，也不存在誰騙誰的，後天開工時，妳給我就行了。」

「好！」

王田林看所有事情都商量定了，閒聊了幾句，就要告辭。我連連道謝著送走了王田林。

＊　＊　＊

第二天，我去銀行取錢。

除了預付給王田林的五萬塊，我還多取了一萬塊，用來買電視、桌椅什麼的。海島交通不便利，大件東西常常要等十天到半個月才能送貨，寧可早買不能晚買。買早了，大不了找個地方先堆著；買晚了，很有可能民宿開張後，貨還沒到。

雖然知道海島民風淳樸、治安良好，可皮包裡裝了六萬塊錢，我還是很小心，特意把皮包往胸前拽，緊緊地夾在胳膊下。

走過熙熙攘攘的菜市場，我抬頭看向順著山勢、蜿蜒向上的媽祖街，想著快要到家了，心裡的警惕淡了幾分。

海島的老街因為各種原因，拆的拆、改的改，等到政府反應過來，要保護時，只剩下了這條最偏僻的媽祖街和碼頭那邊遊客匯聚的燈籠街。老街的街道狹窄，汽車過不了，街道兩旁都是當地人的老宅，除了一個賣煙酒零食的小賣鋪，沒有任何做生意的商家，十分清靜。

正是上班時間，街上一個行人都沒有，我沿著坑坑窪窪的石頭路，走在路中間。一輛摩托車從上面下來，車上坐著兩個男人，都戴著遮臉的摩托車全罩安全帽。

我讓到路邊，摩托車卻直衝我而來，擦肩而過時，後面的男人一伸手抓住了我的皮包。引擎轟鳴聲中，摩托車驟然加速，疾馳往前，我下意識地抓著皮包的帶子不放，可是我的力量根本難以對抗摩托車的力量，立即被拖倒在地，整個人被拽著往前衝。

薄薄的衣裙起不到任何保護作用，身子在坑坑窪窪的石頭上急速擦過，我全身上下都疼，卻惦記著那六萬塊錢，不要命地抓著皮包，就是不放。坐在摩托車後面的人喃喃咒罵了一句，拿著把刀去割包帶，摩托車一顛，鋒利的刀刃從我手上劃過。劇痛下，我的手終於鬆開，整個人跌在了地上。也不知道眼裡究竟是灰塵，還是血，反正疼得什麼都看不清，只聽到摩托車的轟鳴聲迅速遠去，消失不見。

從看到摩托車到皮包被搶走，不過兩、三分鐘，媽祖街依舊寧靜溫馨，似乎什麼事都沒有發生過，可我已經在鬼門關外走了一圈。

我強撐著站起來，一隻腳的鞋子不見了，兩條腿被磨得皮開肉綻，全都是血，手背上的血水汩汩地冒著。我覺得視線模糊，根本看不清楚路，用手擦了下眼睛，卻蹭了滿臉的血和土，越發看不清楚。

我想著應該報警，但是手機在皮包裡，也被搶走了。依稀辨別了一下家的方向，我一邊顫顫巍巍地走著，一邊叫：「有人嗎？有人嗎……」

我全身上下都在痛，很用力、很用力地叫，希望有一個人能幫我，可不知道是因為我聲音嘶啞傳不出去，還是附近的人家沒有人在家，一直沒有人來。那一刻，明明人在太陽之下行走，卻好像處在一個黑暗絕望的世界中。

沒有人會來幫我，我所有的只有我自己。

既然沒有人聽到，我索性不叫了，絕望到盡頭，反倒平靜下來。害怕沒有用、哭泣也不會有用，像小時候一樣，唯一的出路，就是咬著牙往前走。那時我堅信我總會長大，現在我堅信我總會走到家。

因為看不清楚路，我只能像個瞎子一樣，兩隻手向前伸著，摸索試探著一步、又一步向前走，每一步都好像走在刀刃上。

突然，一隻冰涼的手抓住了我的手，我如同受驚的小動物，猛地往回縮，卻立即聽到了吳居藍的聲音：「是我！」

伴隨著他的說話聲，他緊緊地握住了我的手，沒有讓我掙脫，明明他的手一點也不溫暖，可在這一瞬間，卻讓我覺得是這個世界上最溫暖的所在。

我緊緊地抓著他的手，唯恐他消失不見，他似乎明白我的害怕，說：「我在這裡，不會離開。」

我漸漸平靜了下來，覺得很尷尬，用嘶啞的聲音掩飾地說：「我被搶了，趕快報警。我還受傷了，大概要去醫院。」

吳居藍說：「妳的傷我已經看過了，別擔心，只有右手背上的割傷比較嚴重。別的傷雖然看著可怕，卻都是皮外傷。」

我說：「我眼睛不知道怎麼了，看不清楚。」

「沒有關係，只是沾了髒東西，用清水洗乾淨，視力就能恢復。」吳居藍柔聲說：「妳手上有傷，手放鬆，不要用力。」

我鬆了一點力氣，吳居藍立即就把自己的兩隻手都抽走了，我緊張地叫：「吳居藍！」

「我在這裡。」

只聽「嗤啦」一聲響，吳居藍用一根布帶緊緊地紮在了我的胳膊上，解釋說：「幫助止血。」

「謝謝……啊！」

在我的失聲驚叫中，吳居藍打橫抱起我，大步向前走著，「我們去醫院。」

剛才，我全憑一口孤勇之氣撐著，這會兒有了依靠，徹底放下了心，才覺得害怕，四肢發軟，身體不自禁地打著顫。我索性頭靠在吳居藍的肩膀上，整個人都縮在了他懷裡。

雖然我依舊什麼都看不清楚，依舊全身上下都在痛，但我能清晰地感覺到太陽照在身上，現在是溫暖明亮的白天。

經過街頭鄰居開的小賣鋪時，幾個坐在小賣鋪前喝茶下棋的老人看到我的嚇人樣子，炸了鍋一樣嚷嚷起來，忙熱心地又是叫計程車，又是打電話報警。

上了計程車後，吳居藍把我受傷的那隻手高高地抬了起來，「讓血流得慢一點。」

我笑了笑，「猜到了，在電視上看到過。」我摸了一下胳膊上的布帶，「布帶是哪裡來的？不會是從你的衣服上撕下來的吧？這橋段可有點老土。」

「猜對了。妳很喜歡看電視電影？」吳居藍大概顧慮到我看不到，為了讓我心安，難得地話多了一點。

「我也不知道是喜歡還是習慣。從我有記憶起，爸爸媽媽就在吵架，他們沒有時間理我，我只能安靜地看電視；後來，和繼父、繼母生活在一起，我怕惹人嫌，每次他們出去玩，我就在家裡看電視；再後來，我發現看電視不僅很適合一個人自娛自樂，還不需要花錢，是我這種立志存錢的人的最佳選擇。」從香港TVB劇，到國產劇、韓劇，再到後來的美劇、泰劇，雖然不少人鄙視這種沒有格調的消遣，但對我而言，電視劇幾乎陪伴著我長大。那些狗血離奇的情節中，有人心險惡、有背叛陰謀，可也有溫暖的親情、浪漫的愛情、熱血的友情。

我說著說著笑起來，「小時候，我的同學很羨慕我，因為沒有大人管，我能看到一些所謂大人才能看的電視，我可是全班第一個看到男女接吻、滾床單的人……」

呃，似乎有點得意忘形了……我忙補救：「不是A片，就是那種男女主角親熱一下，假裝要幹什麼，其實鏡頭很快就切換掉了，只是暗示觀眾他們會做……」

我覺得越說越不對勁，訕訕地閉嘴了。

幸虧醫院不算遠，司機又被我的樣子嚇到了，開得風馳電掣，很快就到了。

江易盛已經接到電話，推著個滑動床位，等在醫院門口。

吳居藍拉開車門，我剛摸索著想自己下車，他已經把我抱下了車。

江易盛看到我的樣子，嚇了一大跳，等吳居藍把我放到床上後，立即推著我去急診室。

江易盛一邊走，一邊詢問我哪裡疼。聽到我說眼睛疼，看不清東西，他忙俯下身子檢查了一下，確定沒有受傷，只是沾了髒東西，被血糊在眼睛裡。他安慰我：「待會兒讓護士用藥水幫妳沖洗一下眼睛，一會兒就好了。」

進了急診室，護士看是江醫生帶來的人，就沒有趕人，而是徵詢地問：「江醫生，你和這位先生都留下來嗎？」

江易盛乾笑了兩聲，對我說：「咱倆太熟，熟得我實在沒有辦法看妳脫掉衣服的樣子。我怕會留下心理陰影，還是去外面等著吧！」

醫生和護士都哄笑起來，我也禁不住扯了扯嘴角，笑罵：「滾！」

江易盛拉著吳居藍滾到了急診室的門口，沒有關門，只是把簾子拉上了，這樣雖然看不到裡面，卻能聽到裡面說話。

醫生幫我檢查身體時，護士幫我沖洗眼睛，因為有江易盛的關係在，不管醫生，還是護士，都非常盡心盡責。

等我的眼睛能重新看清東西時，醫生的檢查也結束了，他說：「手上的傷比較嚴重，別的都是皮外傷。手上的傷至少要縫十二、三針，康復後，不會影響手的功能，頂多留條疤痕。」

和吳居藍、江易盛的判斷差不多，我說：「麻煩醫生了。」

醫生解開了吳居藍綁在我胳膊上的布條，問：「誰幫妳做急救？很不錯！」

「……我表哥。」

肯定是聽到我的回答，外面傳來江易盛的聲音，「吳表哥懂得不少急救知識嘛，以前學過？」

吳居藍說：「學過一點。」

江易盛說：「必須替你按個讚！一般人就算聽過幾次課，真碰到事情時都會忘得一乾二淨。我看你剛才雖然動作迅速，但並不緊張，顯然是已經判斷出小螺不會有事。」

吳居藍沉默，沒有承認，也沒有否認。

江易盛只是閒聊，沒有再多問，反倒是我，驚訝於吳居藍不但懂急救，還懂一點醫術。的確如江易盛所說，吳居藍雖然一直行動迅速，卻並不緊張慌亂，顯然早判斷出我沒有出大事，這是專業人士才能做到的。

等醫生處理完傷口，我穿著一套護士服、一雙護士鞋，一瘸一拐地走出急診室。

江易盛噗哧一聲笑了出來，「哇！制服誘惑！」

我嘩一下鬧了個大紅臉，我身高一百七十三公分，借穿的護士服有點短，兩條長腿露在外面，本來想換掉，醫生卻說：「正好，不妨礙腿上的傷。」

我飛快地瞟了眼吳居藍，對江易盛說：「我的連衣裙完全沒法穿了，護士小姐看在你的面子上，去找人借來的衣服。還誘惑，我這個鬼樣子誘惑個毛線！」

江易盛看我真有點惱了，不敢再打趣，笑著拍拍準備好的輪椅，「走吧！我送妳回去。」

「你不上班了？」

江易盛學著我的口氣說：「妳都這個鬼樣子了，我還上個毛線！」

我哭笑不得，瞪了江易盛一眼，坐到輪椅上。

江易盛開著車把我和吳居藍送到媽祖街外的菜市場。上面的路車開不進去，必須要步行。我腿上的傷走幾步沒問題，可想要走回家，肯定不行。

江易盛下了車，幫我打開車門，卻遲遲沒有說話，發愁地琢磨著怎麼把我送回家，估計只能背上去了。

我也發現了眼前的難題，望著蜿蜒而上的媽祖街，皺著眉頭思索。

吳居藍一聲不吭地走到車門邊，彎下身，一手攬著我的背，一手放在蜷曲的膝蓋下，輕鬆地把我抱出了車，泰然自若地說：「走吧！」

江易盛瞪大了眼睛。

我漲紅了臉，壓著聲音說：「放我下來！」

吳居藍問：「怎麼了？我哪裡抱的不舒服？」

「沒有。」

「沒有，那就走吧！」

我小聲說：「這樣……不太合適，很多人看著。」

吳居藍一邊大步流星地走著，一邊鎮定地說：「之前我就是這樣把妳抱下來的，也有很多人看著。」

對這種擺明了不懂什麼叫「事急從權」的人，我覺得十分無力，只能閉嘴。

第一次，他抱我時，我眼睛看不到，全身上下都痛，壓根兒沒有多想。可這會兒神智清醒，我才意識到這是平生第一次，和一個男人如此親密地身體接觸，我的心咚咚直跳，跳得我都懷疑吳居藍完全能聽到。

還沒到家，我就看見兩個警察站在門口，還有幾個看熱鬧的熱心腸鄰居。

我立即掙扎著說：「放我下來。」

吳居藍卻沒有搭理我，一直把我抱進院子，才放下。

在員警和鄰居的灼灼目光中，我連頭都不敢抬，幸虧有江易盛，他立即向大家介紹了吳居藍的「表哥」身分，又強調了我腿上的傷。

我腿上的傷，看著很嚇人，鄰居們紛紛理解地點頭，我才算平靜下來。

我請警察進客廳坐，圍觀的鄰居站在院子裡，嘰嘰喳喳地小聲議論著。

我對警察客氣地說：「我上去換件衣服，馬上就下來。」

一個從小看著我長大的鄰居阿姨扶著我，慢慢地上了樓，幫我把護士服脫下，換了一件寬鬆的家居裙，我這才覺得全身上下自在了。

我坐在警察對面，把被搶的經過，詳細地對察警說了一遍，可惜我完全沒有看到搶劫者的長相，摩托車也沒有車牌號碼，對追查犯人的幫助很小，唯獨的印象是搶我皮包的那個人手腕上好像長著一個黑色的痦子。

警察表示一定會盡全力追查，但話裡話外也流露出，這種案子一般都是流竄性做案，很有可能他們這會兒已經離開海島，追回財物有一定難度。

我早料到這個結果，自然沒什麼激烈反應。

警察看能問的都問清楚了，起身告辭。江易盛送走了警察後，把鄰居也打發走了。

江易盛走進客廳，在我對面坐下，詢問：「妳還剩多少錢？」

「四萬多。」

江易盛氣惱地說：「可惡的賊，如果讓我抓到他，我非打斷他的手不可。」

江易盛在北京讀的醫學院，很清楚對我這種外鄉人，北京不容易居住，消費高，衣食住行都要花錢。我一個剛工作的女孩子，薪水含稅也不過七、八千，三年半能存下十幾萬，肯定是省吃儉用，什麼享樂都沒有，現在卻一下子就六萬塊錢沒了。

我笑了笑，反過來勸解他，「破財免災，丟了就丟了吧！」錢剛被搶時，我曾豁出性命想奪回來，可看著醫生幫自己縫針時，想起以前聽說過的飛車搶劫鬧出人命的事，突然就想通了，甚至很後悔。錢再重要，都沒有命重要，如果以後再碰到這種搶劫，一定要立即捨錢保命。

江易盛看我不是強顏歡笑，而是真正看得開，悻悻地說：「妳倒是心大看得開！」

我笑嘻嘻地說：「我們這樣的人，最大的優點就是心大看得開！」遇到不幸的事就已經夠不幸了，如果再想不開，那純粹是自己折磨自己。不管是我，還是江易盛都不是這樣的人。

江易盛愣了一愣，釋然地笑了，「妳裝修要多少錢？我借妳，不過我只能拿五萬出來。」

我想了想說：「我不知道自己什麼時候能還你，你借我兩萬就行了，多了我壓力太大。」

「好。」江易盛知道自己的情況，也知道我的性格，沒有多勸。他忽然想起什麼，試探地說：「大頭如今是有錢人。」

我笑笑，沒有接他的話，江易盛明白了。他對坐在一旁、一直沒有說過話的吳居藍說：「吳表哥，小螺要麻煩你照顧了。有什麼事，你隨時打電話給我。」他掏出手機，「我們交換一下手機號碼，方便聯繫。」

吳居藍說：「我沒有。」

江易盛愣住。

我忙說：「表哥的手機在路上丟了，本來打算去買的，但還沒去買。現在我手機也丟了，你幫我買個手機回來，我身分證在錢包裡，也丟了。你幫我想想辦法，把手機號碼先要回來。」

「行！吳表哥，把你的身分證給我，我幫你把手機也順便辦好。」

吳居藍沉默地看著我，我心裡咯登一下，突然發現我這個完全沒經驗的老闆，竟然從來沒有跟他要過身分證。一時間，我心亂如麻，顧不上多想，先應付江易盛，「不用了，就辦我的好了。」

「成！妳好好休息，我晚一點再過來。」江易盛匆匆離開，忙著去辦事了。

屋子裡，只剩下我和吳居藍兩個人，我猶豫著怎麼開口。以僱傭關係來說，我要求查看他的身分證很正常，但朋友之間，要求查看身分證就很怪異了。不知何時，我已經把他看作了地位對等的朋友。

吳居藍打破了沉默，開口說：「如果妳想跟我要身分證，我沒有。」他的表情十分從容平靜，似乎說的是一件很普通的事。

詭異的是，我似乎也早有心理準備，沒有一點驚訝，只是很悵然若失，雖然我自己都不知道自己在悵然什麼、若失什麼。心念電轉間，我想了很多——

計畫生育超生，出生後沒有報戶口的黑戶；偷渡客，以前海島上曾來過越南、菲律賓的偷渡客，也有島上的居民偷渡去美國、歐洲，雖然我沒有親眼見過，但聽說過。

我問：「你是身分證丟了，還是壓根兒沒有身分證？」沒等吳居藍回答，我又急促地說：「不用告訴我了，我其實並不想知道，你好好工作就行了。」

吳居藍絲毫沒有掩飾他對這事的不在意，雲淡風輕、微微一笑，說：「妳若沒事了，我去燒點水。」

我胡亂地點點頭，他向廚房走去。

為了幫我止血，他的T恤下襬被撕掉了一圈，整件T恤短了一截，看上去有點怪異。我盯著看了一會兒，本來有點躁亂的心情漸漸平靜下來。

現在，我有更緊迫的麻煩需要面對和解決——明天就要開工裝修，裝修款項卻被人搶走了。

我默默地想了一會兒，用家裡的電話打電話給王田林。

兩人寒暄了兩句，我問他裝修材料買了沒有，王田林愉快地說買了，他已經在回來的船上，讓我儘管放心，所有工人都聯繫好了，雖然工作有點趕，人找得太急，但靠著他的面子，請的都是好師傅。

行走江湖貴在一個「信」字，我不能讓王田林失信他人，我在心裡，將「取消裝修」打了個大大的紅叉。

我把自己被搶的事告訴了王田林，說錢上有點緊張，詢問他有沒有可能把裝修方案調整一下，先做一部分，剩下的等以後有錢了再慢慢做。

兩人在電話裡商量了一會兒，砍掉了一些專案，把裝修的預算調整到四萬塊錢。

我說了好幾遍「不好意思，謝謝」，才把電話掛了。

一抬頭，看到吳居藍端著一杯水，站在門口，應該是想著我的腿不方便，怕我渴，送水來的。

我嘆了口氣，說：「等裝修完，我手裡真的一分錢都沒有了。」

吳居藍淡淡說：「錢沒了再賺，命沒了，萬事皆休。」

他把水遞給我，我正好渴了，喝了一口，嘗出是放了蜂蜜的，立即一口氣喝完，想起初見吳居藍時的事，不禁抿唇而笑。

我輕聲說：「你說是因為倒楣，才會淪落到這裡，我會在我能力範圍內，盡量幫你度過這段倒楣的日子。至於其他，你若不說，我也不會問。」

吳居藍靜靜盯了我一下，一言未發，轉身離開。

☆ ☆ ☆ ☆ ☆

吳居藍在廚房煮晚飯，我有些無聊，趴在電腦桌前，練習著用左手玩電腦。

「砰砰」的拍門聲響起，我心裡一動，艱難地站起，大聲叫：「吳居藍，開門！」

吳居藍把院門打開，果然，周不聞和江易盛一前一後走了進來。

「小螺呢？」周不聞說著話，已經看到我，幾步跑到了窗前，著急地問：「江易盛說妳傷了手，嚴重嗎？」

我左手托著右手給他看，「沒事，那個劫匪應該不是真心想刺我。他割手提袋的肩帶時，刀從我手上劃了下。醫生說好好休養，恢復後不會有任何後遺症。」

周不聞打量著我的手，說：「幸好沒事，要不然我……」他頓了頓，把後面的話收了回去，「以後小心點。」

我點頭，「嗯。」

江易盛笑說：「哎——我說你們倆還真隔著窗戶聊上了？大頭，你先進屋，我把咱們買的東西放到廚房去。」

我一邊一瘸一拐地走向客廳，一邊問：「買什麼過來？」

「豬蹄，吃哪補哪！」江易盛的聲音從廚房裡傳來。

我忍不住翻了個白眼，這人真的是連跳三級還拿年級第一的高智商神童嗎？

我慢慢地在沙發上坐下後，周不聞把一個新手機遞給我，「我和江易盛一起去買的，還是妳以前用的號碼。」

「多少錢？」

「別和我算錢了，是禮物。」

一個國產品牌的手機，應該在一千塊錢以內，我想了想，收下了，「謝謝！」

江易盛從廚房裡跑出來，大呼小叫地對吳居藍說：「表哥，你竟然會做飯！鍋裡燉的是什麼？聞著好香啊！」

吳居藍說：「排骨。」

我插嘴說：「正好你買了一大包菜，你和大頭留下來吃晚飯吧！」昨天晚上吃燒烤的錢是江易盛付的，我本來就打算今天晚上要請他和周不聞吃飯。

周不聞說：「妳還有傷，太麻煩了！」

「又不是我做飯，麻煩的可不是我。是吧，表哥？」我重重叫了聲「表哥」，戲謔地笑看著吳居藍。可惜吳居藍不看電視劇，不知道凡是有表哥的地方，就會有戲劇衝突，而且通常表哥都會變成炮灰。

吳居藍沒跟我一般見識，對江易盛和周不聞說：「做兩個人的飯菜和做五個人的飯菜沒多大區別，一起吃晚飯。」他簡明俐落地做了決定，就去廚房做飯了。

五個人？我愣了一下，才想起周不言，忙對周不聞說：「差點忘記你堂妹也在島上了，你打個電話，叫她一起過來吧！」

周不聞說：「不用了。」

我詫異：「為什麼不用了？她晚上總是要吃飯的，難道我們只叫你吃飯，不叫她，你讓她怎麼想我們這些朋友？」

江易盛奇怪地問：「大頭，你和你堂妹關係處得不好嗎？」

周不聞忙說：「不是，就是覺得太麻煩你們了。」

我說：「做飯的人親自開的口，人家都不嫌麻煩，你何必客氣呢？」

江易盛也說：「太客氣可就顯得見外了！」

周不聞苦笑，「行行行！我不客氣了！」他立即給打電話周不言，說了幾句後，掛了電話，

「不言已經在吃飯，她說她就不過來吃晚飯了，不過謝謝你們，她晚一點過來看妳。」

周不言給我的感覺一直有一種說不出來的古怪，即使她是大頭的親人，我也沒有辦法心生親近，她來或不來，我都不在乎。

我轉頭對江易盛說：「你去跟吳居藍說一聲，做四個人的飯菜就行了。」

江易盛說：「我本來還想著讓我媽每天過來幫妳做一頓飯，吳表哥會做飯就不用我操心了。小螺，妳陪大頭坐，我去廚房幫吳表哥的忙。」說完，他衝我眨了眨眼睛，一副「妳看我多知情識趣」的樣子。

江易盛一走，客廳裡安靜下來，只我和周不聞兩人並排坐在沙發上，氣氛有點尷尬。我忙找了個話題，「你什麼時候離開？」

周不聞說：「本來打算明天，不過妳現在受傷了，要不我留下來等妳傷好了再走？」

我說：「非常感謝，但我只是傷了一隻手，又不需要人貼身照顧。雖然有點不方便，可江易盛就在附近，還有……我表哥，你還是按計畫回去工作吧！」

周不聞說：「那我過一段時間再來看妳。」

「好！工作第一，有時間的時候，歡迎你隨時來看我和江易盛。」

周不聞說：「丟了那麼多錢，妳開民宿的計畫受影響了嗎？」

「沒有，一切照舊。你別擔心了，如果真有難處，我會開口的。」

周不聞的沉鬱表情終於輕快了幾分，「妳記得這句話就行。」

我笑了笑，打開了電視。有了電視的聲音，即使不說話，也不會顯得怪異了。兩人一邊看著電視，一邊有一搭、沒一搭地閒聊。

半個小時後，江易盛的叫聲傳來，「吃飯了！」

江易盛沒有徵詢我的意見，就把桌椅擺放在了庭院裡。周不聞洗完手後，也去廚房幫忙端菜。

我坐在藤椅上，悠閒地等著上菜。

四菜一湯，涼拌海帶絲、清炒小堂菜、乾燒小黃魚、紅燒排骨、紫菜蛋花湯。

雖然看著色澤比一般人做得好看，可每道菜都是家常菜，周不聞沒有多想，隨意吃了一口小黃魚，表情卻立即變了，忍不住驚嘆：「第一次吃到這麼鮮美嫩滑的小黃魚。」

他又吃了一塊排骨，讚嘆：「甜糯甘香，簡直捨不得嚥下。」

我美滋滋地問：「怎麼樣？不比去大飯店吃差吧？」

周不聞對吳居藍說：「吳表哥，實話實說，絕不是恭維，我吃過不少名廚做的菜，你的菜絕不比他們差。」

江易盛估計早在廚房偷吃過了，沒有周不聞的意外和驚喜，只是埋著頭一邊吃，一邊說：「小螺，我申請以後長期來蹭飯。」

聽到他們誇獎吳居藍，我與有榮焉，笑著說：「喜歡吃就多吃點。」

周不聞笑說：「別光看著我們吃，妳也吃啊！」

我左手拿著筷子去夾菜，一根小堂菜挑了半天，好不容易挑起來，結果剛送到嘴邊，就掉到了衣服上。我忙放下筷子，把菜撿起放到桌角，尷尬地說：「難怪外國人覺得我們的筷子難學呢！」

周不聞站起來，想要幫忙，吳居藍已經拿了紙巾，先幫我把手擦乾淨，然後遞了一張乾淨的紙巾，讓我去擦衣服。

吳居藍幫我拿了一個空碗和一個勺子，撿那些形狀規整的排骨放在碗裡，「用勺子舀著吃。」

我舀了一塊排骨放進嘴裡，發現雖然有點像小孩子吃飯，但自己吃沒有問題了。我笑著說：「大家都接著吃吧，別盯著我，要不然我會很緊張的。」

周不聞和江易盛忙移開目光，繼續吃飯。

吳居藍恰好坐在我左手邊，他自己用左手拿著筷子吃飯，右手拿著公筷，一會兒夾一筷海帶絲放在我的勺子上，一會兒夾一筷小堂菜放在我的勺子上，沒有刺的魚肚部分也被他撕下來放到我的勺子裡。

左右手同用，吳居藍卻一點不顯慌亂，吃得很從容，甚至可以說十分優雅，被他照顧著的我也是不慌不忙，輕鬆自如。

周不聞和江易盛都顧不上禮貌了，直接瞪著眼睛看。我也傻了，一邊呆呆地看著吳居藍，一邊機械地把菜一勺勺放進口裡。只有吳居藍好像一點沒覺得自己有多麼神奇，一直平靜地吃著飯。

江易盛忍不住問：「吳表哥，你左右手都可以用筷子啊？」

吳居藍眼睛都沒抬，很平淡地說：「我的左手和右手完全一樣。」

當事人都完全沒當回事，我們也不好一直大驚小怪，我和江易盛交換了個眼神，催眠自己「這沒什麼大不了，很普通」，繼續吃飯。

吃完飯，周不聞和江易盛幫著吳居藍收拾好碗筷，四個人坐在院子裡，一邊乘涼，一邊閒聊。昨夜是離別多年的初見，緊張和興奮讓人忍不住地一直想說話。今夜大家都放鬆了下來，拿著罐啤酒，話語有一搭、沒一搭，身子也沒正經地歪著。江易盛甚至直接把腳高高地架在了另一把椅子的椅背上。

月光清朗、晚風涼爽，蟲鳴陣陣、落花簌簌。

周不聞看看熟悉的庭院，再看看江易盛和我，表情恍惚，「覺得好像回到了小時候，一切都沒變的樣子。」

江易盛笑搖著啤酒罐，伸出食指否認地晃了晃，「至少有一點變了。小時候我們絕沒膽子這麼明目張膽地喝酒，都是躲在海邊的礁石上偷偷地喝！」

我和周不聞都忍不住笑起來，我說：「真的沒想到，我們竟然還能一起吃飯、一起聊天，就好像大家一起走迷宮，本來以為已經走散了，沒想到出口只有一個，大家竟然又在出口相聚了。」

江易盛撞了我一下，嘲笑：「吳表哥，你知不知道你家表妹這麼文藝啊？」

吳居藍淡淡一笑，沒有說話，大概他很清楚今夜院內人的情緒和他並沒有關係。

「咚咚」的敲門聲突然響起。

吳居藍打開門，周不言拎著兩盒禮品走了進來，「沈姊姊，聽堂哥說妳受傷了，我就幫妳買了點補品。」

我看是兩包燕窩，覺得太貴了，可當眾拒絕既傷面子又傷感情，只能先記在心裡，以後再還，「謝謝妳了。」

周不言略坐了一會兒，周不聞說：「時間不早了，我們還要趕明天早上的船，要回民宿休息了。」

反正以後還有很多機會見面，我沒有留客。

等他們走了，我已經鎖上院門，正看著吳居藍收拾院子，敲門聲又響起。

我奇怪地打開門，看到周不言站在門外，我忙問：「怎麼了？把什麼東西忘記了嗎？」

周不言微笑著說：「我告訴堂哥來取忘記的手機，其實，我沒有忘記任何東西，只是想和妳單獨說幾句話。」

我看著周不言，靜待下文。

周不言說：「聽說妳被搶走了六萬多塊錢，妳的積蓄應該很有限，想開民宿肯定很勉強了。看在妳是堂哥的好朋友，我說句實話，我不看好妳的民宿。遊客挑選民宿，要麼喜歡風景獨特、要麼喜歡交通便利，妳這裡什麼都沒有……」

我打斷了她的話，「周小姐究竟想說什麼？」

周不言自信地笑了笑，「我是想說，我真的很喜歡這棟老宅子，請妳賣給我，我不在乎有沒有房產證，價格隨妳開。如果妳實在不願意賣，租給我也成，我只租兩年，每年租金二十萬，一次付清。兩年後，房子完好無損地還給妳。」

她這是想用錢砸倒我嗎？我懵了一會兒，說：「妳十分慷慨，我真的很動心，如果是一般的房子，我肯定立即答應了。但是，這是我爺爺留給我的棲身之所，不僅僅是一座房子，我真的不能賣給妳，也沒有辦法租給妳。」

周不言著急地說：「可是，妳錢那麼少……」

「錢多有錢多的過法，錢少有錢少的過法，就算一分錢沒有，這個民宿也能開。周小姐，我的話已經說得很清楚。」我臉上仍帶著禮貌的笑，聲音卻有點冷。

周不言深深地盯了我一下，皮笑肉不笑地說：「希望沈姊姊以後不要後悔，等姊姊後悔時，我可不會像現在這麼好說話。四十萬對我不算什麼，對姊姊可不是一筆小數目……」

「妳，廢話太多！」吳居藍的聲音從我身旁傳來，硬生生地打斷了周不言的話。

我側頭看著他，所有的鬱悶剎那間全變成了笑意，周不言氣得臉都漲紅了，盯著吳居藍說：「你、你……說什麼？」

吳居藍像壓根兒沒看見她一樣，半攙半扶著我往後退了兩步，「啪」一聲，輕輕把門關上了。

我吃驚地看著他，他像什麼事都沒有發生一樣，「妳先上樓，我把垃圾收拾了，就上去。」

我聽著門外傳來的氣急敗壞的叫聲，看著專心工作的吳居藍，深刻地理解到：對一個人的漠視才是最大的羞辱。

回到臥室，我看看時間已經九點多，決定謹遵醫囑，早點休息，爭取早日養好傷。

我笨拙緩慢地用一隻手搞定了刷牙洗臉。步履蹣跚地走出廁所時，看到吳居藍竟然站在我的房間門口。

「有什麼事嗎？」

他拿出藥瓶和棉球，戴起拋棄式的醫用手套，我反應過來，他打算幫我上藥。醫生特意叮囑過，腿上的傷早晚上一次藥，連續五天。

我忙說：「不用麻煩你了，我能自己換藥。」

他看著我，說：「彎腰。」

我猶豫著沒有動，自己的傷自己最清楚，要麼坐、要麼躺、要麼站，只要一動不動，就還好。可一旦動起來，別說坐下、站起、彎腰這些大幅度動作，就是稍微扭動一下，都會牽扯到傷口，鑽心的痛。替腿部上藥，又是一隻手，肯定會痛。

我一咬牙，正準備彎下身子，吳居藍已經走到了床邊，說：「躺下。」

我看了眼他沒有表情的臉，決定還是不要挑戰他，乖乖地靠躺在了床上。

吳居藍先用浸了褐色消毒水的棉球輕按傷口，再把醫生開的藥膏塗抹在傷口上。

雖然他戴著拋棄式醫用手套，但那透明的薄薄一層塑膠，能隔絕病菌，卻隔絕不了觸感和體溫。他的手指看著白皙修長，卻一點都不柔軟，很堅硬，充滿了力量。我開始相信他真的是靠出賣力量為生，但當他輕輕地塗抹藥膏時，我一點也不覺得疼，甚至因為他冰涼的手指，還會有一些涼涼的舒服。

不知道是因為沉默所以尷尬，還是因為尷尬所以沉默，兩人誰都沒有說話，我的心裡如同鑽進了無數隻螞蟻，說不清的又慌又亂，猛然出聲，打破了沉默，「你的手好涼，肯定是氣血不足，以後要多注意一下身體，工作別太拚命了。」

吳居藍看了我一眼，沒有吭聲，繼續上藥。

我再沒有勇氣亂說話，只能繼續在沉默中尷尬，尷尬中沉默。

好不容易等處理完傷口，我如蒙大赦，立即說：「謝謝！你早點休息！」就差補這一句：請你趕快離開。

吳居藍把藥水、藥膏都收好，平靜地說：「晚安。」

目送著吳居藍走出我的房間後，我像是被抽去骨頭一般，軟軟地倒在了床上，那種無所適從的慌和亂依舊縈繞在心頭。

Chapter 5

喜歡一個人的感覺

那些日常相處時的喜悅，在他身邊時的心安，面對他時的心慌，被他忽視時的不甘，都被我有意無意地忽略了，因為我壓根兒不敢面對一切的答案。

樓上的兩間客房是要重點裝修的房間，吳居藍必須趕在裝修前，把房間騰出來。雖然我的房間不需要裝修，但我琢磨著，自己腿腳有傷，不方便上下樓，也不想去聞那股子刺鼻的裝修味，不如和吳居藍一起搬到一樓去住。

我和吳居藍商量後，做了決定。吳居藍湊合一下，在客廳的沙發上睡一段時間。我搬到一樓的書房住，以前爺爺就用它做臥房，床和衣櫃都有，只是沒有獨立的衛浴，需要和吳居藍共用一樓的衛浴。

我們一個動嘴、一個動手，匆匆忙忙把家當搬完。

九點鐘，王田林帶著裝修工人準時出現。

簡單的介紹寒暄後，王田林把需要注意的事項當著我的面又對工人們叮囑了一番，才正式開始裝修。

裝修是一件很瑣碎、很煩人的工作，雖然王田林已經用了他最信得過的裝修工人，但對工人而言，這只是一筆賺錢的普通生意；對我而言，卻是唯一的家，要操心的事情一樣不少。

我的右手完全動不了，路也走不了幾步，不管什麼事都只能靠吳居藍去做。幸好吳居藍聽了我的話，在網路上看了不少教人技術的專門文章，裝修的門道都知道，讓他去盯著，我基本放心。

只是，吳居藍雖然窮困潦倒，可他言談舉止、待人接物完全沒有窮人該有的謹慎圓滑，反倒傲氣十足。他不會討好人，不懂得說點無傷大雅的謊話去潤滑人際關係，也從不委屈自己。我擔心他和工人會有摩擦，一再提醒他，如果看到工人哪裡做得不好，要婉轉表達，說話不要太直白。對方不改正，也千萬不要訓斥，可以打電話給王田林，找他來協調。

沒想到，吳居藍的脾氣比我想像的還要糟糕。

他性子冷淡，凡事苛求完美，習慣發號施令。話語直白犀利，絲毫不懂虛與委蛇，幾乎句句都像挑釁辱罵，還一動不動就用看白痴的目光看別人，幾個工人第一天就和他鬧翻了。如果不是看在我是老闆王田林的朋友，一個女孩滿身是傷，怪可憐的，估計已經撂話說不幹了。

我想起自己當初因為吳居藍說我做飯很難吃時的抓狂心情，完全能理解工人們的心情。不過，理解歸理解，我現在和吳居藍是一夥的，不覺得吳居藍做錯了什麼。那些工人是做得不夠好，做得不好，還不能讓人說了？吳居藍雖然說話犀利，卻從來都是根據事實，就如他嫌棄我做的飯，和他比起來，我是做得不夠好吃嘛！

但是，不管我心裡多站在吳居藍這邊，也不敢真直白地說裝修工人們技術差。只能吳居藍扮黑臉，我扮白臉，他打了棒子，我就給糖果。

我陪著笑臉，請工人們多多包涵「不懂事」的吳居藍，為了緩解大家的怒火，主動提出裝修期間包所有工人的午飯。

我沒有把自己彎彎繞繞的心思解釋給吳居藍聽，只把錢交給他，告訴他，中午要管所有工人一頓飯，去買菜時多買一點。

吳居藍很多時候一點都不像打工族，架子比我還大，但只要是工作上的事，他都非常認真。我吩咐了，他就照做，並不質疑。

如我所料，吳居藍沒有因為是替工人做的飯，就偷工減料，像是做給我和他自己吃一樣，認真做給大家吃。工人們吃完吳居藍做的午飯後，對吳居藍的敵意立即就淡了。

我偷偷地笑，難怪老祖宗的一個優良傳統就是喜歡在飯桌上談事。一桌親手做的飯菜，吃到嘴裡，從食材到味道，很容易就能感受到做飯人的心思。不管表面上吳居藍多麼冷峻苛刻，他待人從來都坦蕩蕩。這群走家串戶做生意的工人，眉眼高低看得多了，自有一套他們判人斷事的方法。

雖然工人們不再憎惡吳居藍，可也談不上喜歡吳居藍。不過，看在中午那頓豐盛可口的飯菜上，不管吳居藍再說什麼，他們都心平氣和地聽著。很快他們就發現吳居藍並不是故意挑錯，都是言之有理，甚至他提的一些改進意見，比他們這些內行更專業。

他們抱怨知易行難，吳居藍立即親手示範了一番，徹底震撼到了他們。工人們生了敬服之心，工作起來一絲不苟，裝修進展得非常順利，我徹底放心了。

工人們看待吳居藍的目光完全變了，時不時在我面前誇讚吳居藍，我每次都一副「理所應當」的表情。可實際上，我的驚訝意外一點不比他們少。道理還可以說是吳居藍從網上看來的，可那麼輕鬆就上手能做，該如何解釋？

唯一的解釋就是他以前做過。

會洗衣、會做飯、懂醫術、會建築……洗衣就罷了，做飯做得比五星級飯店的大廚還好，對外傷的診斷和急救一點不比專業醫生差，泥瓦木工做得比幾十年的老師傅更精湛，我忍不住想，他究竟還會幹什麼？

雖然整棟房子只有二樓在裝修，可一樓也不得安寧，一會兒轟隆隆，一會兒乒乒乓乓，幸好廚房是單獨的一間大屋子，我躲到了寬敞的廚房裡。

廚房的一面窗戶朝著庭院，一面窗戶朝著院牆，正對著一大片開得明媚動人的九重葛，搬一把舒適的椅子，坐在窗邊，待多長時間，都不會覺得難受。

我戴著耳機，聽著MP3，看上海辭書出版社的《唐詩鑑賞》。這是爺爺的藏書，我來爺爺家時，它已經在爺爺的書櫃裡了，是比我更老資格的住戶。

曾經有一段時間，每天晚飯後，爺爺會要求我朗誦一首詩，一週背誦一首。剛開始，我只是當任務，帶著點不情願去做。可經年累月，漸漸地，我品出了其中滋味，也真正明白了爺爺說的「一輩子都讀不完的一本書」。每首詩，配上作者的生平經歷、寫詩時的社會背景，以及字詞典故的出處，細細讀去，都是一個個或蕩氣迴腸、或纏綿哀婉的故事。

我沒事時，常常隨便翻開一頁，一首詩一首詩地慢慢讀下去。是非成敗、悲歡得失、生離死別，古今都相同，讀多了，自然心中清涼、不生虛妄。

我讀完一頁，正笨拙地想翻頁時，一隻手幫我翻過了頁。我扭過頭，看到吳居藍不知何時，悄無聲息地坐在了我身旁。

我摘下一隻耳機說：「沒有關係，我自己可以的。」

吳居藍看著書，漫不經心地說：「沒事，我也在看。」

我愣了一下，才理解了他話裡的意思，「你是說，你要和我一起看書？」

「嗯。」

如果這是一本武俠小說或者玄幻小說，我還能理解，可這是唐詩，連很多大學畢業生都不會拿來做消遣讀物。我不禁懷疑地打量著吳居藍，他專注地盯著書，眼中隱悵、脣角抿嘆，應該是心有所感、真正看進去了。

我暗罵自己一聲「狗眼看人低」，諾貝爾獎得主莫言小學還沒畢業呢！我把書往吳居藍的方向推了推，也低著頭看起來，是王維的《新秦郡松樹歌》。

青青山上松，

數里不見今更逢。
不見君，
心相憶，
此心向君君應識。
為君顏色高且閒，
亭亭迥出浮雲間。

一首詩讀完，吳居藍卻遲遲沒有翻頁，我悄悄看了他好幾眼，他都沒有察覺，一直怔怔地盯著書頁。

我覺得好奇，不禁仔細又讀了一遍，心生感慨，嘆道：「這首詩看似寫松，實際應該是寫人，和屈原的用香草寫君子一樣。只不過，史籍中記載王維『妙年潔白、風姿都美、性嫻音律、妙能琵琶』，這樣文采風流的人物竟然還讚美另外一個人『為君顏色高且閒，亭亭迥出浮雲間』，真不知道那位青松君是何等樣的人物。」

吳居藍微微一笑，說：「摩詰的過譽之詞，妳還當真去追究？」

我聽著總覺得他這話有點怪，可又說不清楚哪裡怪。吳居藍看上去也有點怪，沒有他慣常的冷淡犀利，手指從書頁上滑過，含著一抹淡笑，輕輕嘆了一聲，倒有些「千古悠悠事、盡在不言中」的感覺。

他這聲嘆，嘆得我心上也泛出些莫名的酸楚，忍不住急急地想抹去他眉眼間的悵惘，討好地問：「要不要聽音樂？」

「音樂？」吳居藍愣了一下，不動聲色地看向我手裡的MP3。

剛開始他這副面無表情的淡定樣子還能唬住我，現在卻已經……我瞅了他一眼，立即明白了，這個時時讓我不敢小看的傢伙，肯定不會用MP3。

我把一隻耳機遞給吳居藍，示意他戴上。

吳居藍拿在手裡把玩了一會兒，才慢慢地放到自己的耳朵裡。第一次，他流露出了驚訝喜悅的表情。

我小聲問：「好聽嗎？」

吳居藍笑著點點頭，我說：「曲名叫《夏夜星空海》，我很喜歡的一首曲子。」

兩人並肩坐在廚房的窗下，一人一隻耳機，一起聽著音樂，一起看著書。外面的裝修聲嘈雜刺耳，裡面的小天地卻是日光輕暖、鮮花怒放、歲月靜好。

☆ ☆ ★ ☆ ☆

晚上，工人下班後，宅子裡恢復了清淨。

我和吳居藍，一個行動不便，一個人生地不熟，吃過飯、沖完澡後，就坐在沙發上一起看電視。

我把遙控器交給吳居藍，讓他選。發現吳居藍只對動物和自然類的節目感興趣，他轉了一遍臺數後，開始看《動物世界》。

我平時很少看動物類的節目，想當然地認為這種講動物的節目肯定很無聊，但是真正看了，才知道不但不無聊，反而非常有意思。那種生物和大自然的鬥爭，捕食者和被捕食者的鬥爭，鮮血淋漓、殘酷無情，卻又驚心動魄、溫馨感人。

這集《動物世界》拍攝的是非洲草原上獅群和象群的爭鬥。根據解說員的解說，獅群實際上很少攻擊象群，因為大象不是弱小的斑馬或羚羊，攻擊牠們需要付出巨大的代價，而且象肉比起斑馬肉或羚羊肉，幾乎難以下嚥，所以獅群和象群可以說井水不犯河水。

但這一次因為缺乏食物，瀕臨死亡邊緣的饑餓獅群決定捕獵象群，目標是象群裡的小象。象群為了保護小象，成年象走在外面，用自己的身體去抵抗獅子們的鋒利爪牙。雖然獅子足夠狡詐凶猛，可大象也不是弱者，前兩次的狩獵，獅群都失敗了，甚至有獅子受重傷。但是，面對死亡，獅群不得不再一次發起襲擊。根據牠們的體力，這將是牠們的最後一次襲擊，如果不能成功，在非洲草原這個完全憑藉力量生存的環境中，牠們不可能再發動另一次狩獵，只能安靜地等待死亡。

上千里的追殺，幾日幾夜的奔襲，沒有任何一方可以退出，因為退出就是死亡。我看得十分揪心，不知道該希望誰勝利，如果象不死，獅就會死，兩邊都是令人敬畏的強者、都在為生存而戰。

最後一次襲擊，經過不死不休的殘酷廝殺，獅群不但成功地撲殺了一隻小象，還放倒了一隻成年象，象群哀鳴著離去。

仍然活著的獅子們分食完血肉，平靜地蹲踞在地上，漠然地看著冉冉升起的朝陽。牠們的耳朵警惕地豎著，牠們的身體慵懶地臥著，眼睛裡既沒有生存的痛苦，也沒有勝利的喜悅，只是自然而然地又一天而已。

我被震撼到了，因為牠們的眼神和姿態何其像吳居藍——無所畏懼、無所在意的冷淡漠然；警惕和慵懶、凶猛和閒適，詭異和諧地交織於一身。

吳居藍卻沒有任何反應，甚至字幕剛出來，他就按了關機，準備睡覺。

我循循善誘地問：「看完片子有什麼想法？」

吳居藍漠然地掃了我一眼，說：「沒感覺。」

突然之間，我真正理解了幾分吳居藍的彆扭性格。

他從不花心思處理人際關係，一句無傷大雅的小謊言就能哄得別人開心，他卻完全不說。我最初以為他不懂、不會，可後來發覺他並不是不懂、也不是不會，而是，就像那些獅子，並不是不懂得如何去捕獵大象，但在食物充足時，有那必要嗎？沒必要自然不做，真到有必要時，也自然會做。這是一種最理智冷靜地分析了得失後，最冷酷的行事。吳居藍不會說假話哄我高興，也不會委婉地措辭讓工人們覺得舒服，因為我們的反應都無關緊要，麻煩不到他。可他會告訴江易盛他是我的表哥，因為一句謊話能省去無數麻煩。

我眼神複雜地看著吳居藍，他究竟經歷過什麼，才變成這樣？一個人類世界的非洲草原嗎？

吳居藍面無表情地說：「時間不早了，妳該休息了。」

我很清楚，他不是沒看出我的異樣目光，但他完全不在意。我說不清楚心裡是什麼感覺，賭氣地站了起來，冷著臉，扔下一句「我的事還輪不到你指手畫腳」，就回了書房。

我躺在床上，翻來覆去，一直睡不著，總覺得很生氣、很不甘。我以為我們雖然相識的時日不長，但我們的關係……原來在吳居藍眼裡，我無足輕重、什麼也不是。

氣著氣著，我慢慢地冷靜了下來。

吳居藍有義務把我的喜怒放在眼裡嗎？

沒有義務！連我的親父母都顧不上我的喜怒，憑什麼要求吳居藍？

吳居藍對任何人都一樣，並沒有對我更壞。我是老闆，他來打工，分內的事他有哪一件沒有做好嗎？

沒有！洗衣、做飯、打掃，都做得超出預料的好！甚至不是他分內的事，監督裝修，照顧行動不便的我，也做得沒有任何差錯。

那我還有什麼不滿？

不該有！

做為老闆，我只應該關注吳居藍做的事，而不應該關心他的性格。

我理智地分析了一遍，不再生氣了，很後悔自己剛才莫名其妙地對吳居藍甩臉色，至於心底的不甘，我選擇了忽略。

我輕輕地拉開了書房的門，隔著長長的走道，看著沙發那邊。黑漆漆的，沒有任何聲音，實在看不出來吳居藍有沒有睡著。

正躊躇，吳居藍的聲音從黑暗中傳來，「怎麼不睡覺？」

我往前走幾步，拉近我們的距離，但顧忌到他正在睡覺，沒有太接近，「我有話想和你說。」

百葉窗沒有完全拉攏，一縷縷月光從窗葉間隙落下，把黑暗切割成了一縷又一縷。我恰好站在了一縷黑暗、一縷月光的交錯光影中，覺得整個世界都好像變得影影綽綽、撲朔迷離。

我聽見自己的聲音在黑暗中輕輕響起，一時清晰、一時模糊，也是交錯的，一縷一縷的，很像我此時複雜的心境。

「剛才……對不起。我……我有點莫名其妙，請你原諒。本來不應該……打擾你睡覺，可爺爺一直教導我，永遠不要生隔夜氣，傷身子、也傷心。」我一邊說話，一邊努力看著沙發那邊。但黑暗中，我在明、他在暗，我只能模糊地看到他一直沒有動過，如果不是他剛說過話，我都懷疑他其實在沉睡。

我的話音落後，吳居藍一直沒有回答。

寂靜在黑暗中瀰漫而起，我覺得越來越尷尬時，吳居藍的聲音終於又傳來，「我原諒妳。」

很冷淡，就像他通常的面無表情，但隱隱地，似乎又多了一點什麼。我說：「謝謝！」

我等了等，看吳居藍沒有話再想說，打起精神，微笑著說：「晚安！做個好夢！」

兩個星期後，裝修如期完工，加上為屋子配置的電視、桌椅，和修換了一些老化壞損的地方，總共花了四萬七千多塊。

我花錢花得很心痛，但裝修完的房子讓我非常滿意。鬆脫的插座，老化的蓮蓬頭都換了新的，廚房裡壞了的櫃子也被修好了，整個房子住起來，比以前更舒服了。

經過兩個星期的休養，我腿上的傷好得差不多了，可以像正常人一樣如常走路。手上的傷口也癒合了，醫生說還不能工作，但偶爾碰點水沒有關係。淋浴時只要戴個防水手套，稍微注意一下，就沒有問題了。

我終於脫離了生活不能自理的「殘障人士」行列，心情振奮，指揮著吳居藍仔細布置兩間客房，力求溫馨、舒適。

房間布置好後，我叫來江易盛，讓他從各個角度照相，舒適的床、嶄新乾淨的廁所、爺爺收藏的海螺、珊瑚，院子裡的鮮花……我把相片編輯好後，配上合適的文字，在各個旅遊論壇上發布。

我還列印了不少小廣告，拉著吳居藍和江易盛一起去碼頭張貼……當一件件瑣碎的事一點點完成後，我的手除了還不能提重物外，吃飯、洗臉已經一切都正常了。

一個陽光明媚的早上，王田林和江易盛、吳居藍一起，把裝修時順便做好的民宿招牌裝了起來。深褐色的牌匾，白色的字，當看到「海螺小棧」四個字端端正正地懸掛在院門的門簷下，我親手點燃了鞭炮。

劈里啪啦的鞭炮聲中，王田林、江易盛和看熱鬧的鄰居們大聲恭賀：「開張大吉！」

「客似雲來、財源廣進！」

雖然有不少波折，但我的民宿總算是開張了。我笑著說「謝謝」，視線下意識地去尋找那個幫著我走過這段路的人。

吳居藍置身事外地站在一定距離外，帶著禮貌的微笑，靜靜看著，和周圍熱絡的氣氛格格不入。我幾步跑到他身旁，踮起腳尖，故意貼著他的耳朵，大聲說：「謝謝！」

吳居藍盯著我過於明媚得意的笑臉。

我歪著頭，有點故意的挑釁——我就是戲弄你了，你能拿我如何？

吳居藍沒搭理我的「小人得志」，他伸出手，把我頭髮上黏的紅色鞭炮屑一片片仔細撿掉。兩人站得很近，隨著他的一舉一動，他指間的溫度、身體的氣息，都如有實質，從我的鼻子和肌膚滲入了我的心間。我的心跳不自禁地加速，笑容僵在了臉上，再沒有了剛才的得意。

吳居藍看著我的傻樣，笑吟吟地問：「發什麼呆？沒有事做了嗎？」

他的笑容和剛才禮貌的微笑截然不同，看得我恍惚了一下，才力持鎮定地回答：「我、我……在想點事情，是、是……和民宿經營有關的事。」我非常嚴肅地一再加重著語氣，說完，立即轉過身，朝著鄰居們走去，幾乎可以說落荒而逃了。

我懊惱地想，明知道他是頭獅子，何必故意挑釁呢？結果戲弄不成反被戲弄。

雖然有心理準備，不會那麼快有客人來住，但人總會有不切實際的期待。我一直守在電話機旁，希望哪個客人慧眼識珠，把我的「海螺小棧」挑選了出來。

江易盛嘲笑我：「不要財迷心竅了。妳這才開張兩天，哪裡有那麼快……」

電話鈴聲突然響了，我有點不敢相信地愣了一下，急忙接了電話，「你好，海螺小棧！」

幾分鐘後，我興奮地掛了電話，對江易盛示威地拍拍記錄本，「本店即將迎來第一位客人，預訂了一個月。」

江易盛把記錄本搶了過去，「胡小姐訂房，一個月。」他挑挑眉頭，「妳這是什麼狗屎運？」

我罵：「滾！人家不是觀光，而是希望在海島上住一段時間，看中了我們民宿很家居，布置溫馨、環境安靜。」

江易盛笑嘻嘻地說：「不管怎麼樣，恭喜妳開張大吉。」

我和吳居藍一起把所有房間打掃得一塵不染，等著迎接海螺小棧的第一位客人。

我告訴胡小姐，到民宿的最後一段路，是百年老街，很有當地風情，但不通汽車，有些不方便。不過，我們可以去碼頭接客人，行李什麼的，我們會搬運，客人完全不需要操心。但胡小姐拒絕了，說她自己可以搞定。

傍晚時分，「篤篤」幾聲敲門聲後，虛掩的院門被輕輕推開。我精神一振，帶著禮貌的微笑，快步走出去，剛想說「歡迎」，就看到周不聞提著行李，走進了院子。
我驚訝地問：「你、怎麼來了？」
周不聞笑說：「我來住民宿，已經預定。」
「胡小姐是幫你定的房？」
周不聞笑：「她是我的助理。」
我心裡的感覺怪怪的，但總不能讓周不聞一直站在院子裡，「快進來吧！」
周不聞觀察著我的臉色說：「妳不高興了？是覺得我欺騙了妳嗎？」
「不是，我只是以為真的有客人挑中了我的民宿，沒想到是你，覺得有點白高興了，可絕不是不歡迎你來。」
「難道我不是客人嗎？像妳這樣的民宿本來就是靠著口碑吸引客人，我要住得舒服了，幫妳發一下微信朋友圈，也許就會有下一個朋友來了。」
我笑起來，「好，一定讓你住得舒服。可是，你不是要工作嗎？怎麼預訂了一個月？」
「有些累，想讓自己放個假，出門旅遊也有旅遊的累。在妳這裡，我可以什麼都不想地好好休息一段時間。」
我仔細看了他一眼，發現他臉色真的有點疲憊，眼眶下甚至有淡淡的青影，顯然長時間沒有休息好，也不知道他的壓力是來自工作，還是來自家庭，我沒有再多問，「想住哪個房間？」
周不聞看了看兩間客房，感嘆地說：「變化好大，我記得小時候二樓沒有衛浴。妳還住以前的房間嗎？」

「嗯，還是那個房間。」

周不聞指著走廊盡頭的屋子，「那間呢？我記得爺爺以前是住那間吧？」

「是，但爺爺後來搬到一樓了，在書房的裡間加了床，既當臥室又當書房。」

周不聞沉吟了一下問：「樓下的書房給客人住嗎？」

「書房沒有重新裝修，自己住挺舒服的，可舊東西不管打掃得再乾淨，都會顯髒，給客人住不合適，我就讓吳居藍住了。」

周不聞吃驚地說：「我還以為妳不會捨得把那間屋子給任何人住呢！」

「我的確捨不得把那間屋子給外人住，可是，家裡一共就這麼大，書房給客人住肯定不合適，只能讓吳居藍住過去，把樓上的三間房留出來做客房。吳居藍……」我頓了頓，說：「是我表哥，不算外人。」

周不聞說：「以前從沒聽妳提過妳表哥，我以為妳和妳媽媽那邊的親戚不親，沒想到你們還挺親的。」

我不吭聲，我自己也完全沒想到。裝修完後，吳居藍問我，他應該住哪裡時，我竟然沒有絲毫猶豫就讓他住在了書房。

周不聞看了看兩間客房，遲疑地說：「這兩間屋子布置得很好，但有點小，我能住爺爺以前的

---

8 即WeChat，手機APP通訊軟體之一，大陸幾乎都用微信，臺灣常用LINE。

大套房嗎？」

我笑著說：「當然可以，不過那間屋子只是把衛浴翻修了一下，地板和牆壁都沒有動，看著可不如這兩間客房新。」

我打開了門，領著周不聞看了一圈，周不聞說：「我很喜歡，不新，但有家的感覺。」

「你喜歡就好。那你先整理行李，休息一下，等你休息好了，就可以吃晚飯了。」

我幫周不聞把門關上，慢慢地走下了樓。

經過書房門口時，我下意識地停住了腳步，耳邊響起周不聞的話「沒想到你們還挺親的」。

當時，做決定時，我壓根兒沒有猶豫，只覺得為了民宿生意，一個理智的安排而已。可今天周不聞的話提醒了我，我的行為絕不是一句「為了民宿生意」就能解釋的。估計在瞭解我的人眼裡，我是絕不會把這間屋子給外人住的，就算不得不住人，我也會自己搬進去，把自己的屋子讓出來。但我就那麼輕易地，完全沒有猶豫地讓吳居藍住了進去，難怪江易盛剛知道吳居藍住到書房時，會用那種驚訝探究的目光看著我。

我有點迷茫，究竟是從什麼時候起，我覺得吳居藍不是「外人」的？我可以用「他是我表哥」騙周不聞，但不可能騙自己。

「妳在想什麼？」

江易盛的聲音突然在我身後幽幽地響起，嚇了我一大跳。我氣惱地搥了他肩膀一下，「嚇死人了！」

江易盛說：「自己心裡有鬼，還怨怪我嚇著了妳！」

我凶巴巴地問：「你怎麼來了？」

「我好奇妳的第一個客人，所以過來看看。來了嗎？什麼樣的人？」

我沒精打采地說：「周不聞。」

「大頭？」江易盛擠眉弄眼地笑起來，「預訂一個月房間，妳說……大頭是不是想追妳？」

我板起了臉，「你胡說八道什麼？」

「別裝了！當年大頭給妳的那封情書，我可是看過的，只不過妳一直不提，我就一直當不知道而已。」

「神經病！那是幾歲的事情了，你小時候還尿床呢！現在也尿床嗎？」

「越是否認越是心虛。」江易盛嘻嘻一笑，要往樓上去。

我拽住他，「等一下，我有事想問你。」

「說！」

我遲疑了一下，小聲地問：「你談過好幾個女朋友了，應該在男女關係方面的經驗很豐富，你說說異性好朋友和男女朋友的區別是什麼？」

江易盛來了興趣，雙手交叉在胸前，目光灼灼地盯著我，「小姐，妳到底想問什麼，能不能說清楚一點？」

「我就是想問問你，喜歡一個人是什麼感覺？」

江易盛說：「覺得她很有意思，喜歡和她在一起，待一整天都不會覺得無聊。」

「我覺得你挺有意思，挺喜歡和你在一起，和你在一起待了十幾年了，都沒覺得無聊。」我看著江易盛，面無表情地說。

江易盛無語地看了我一下，繼續說：「很在意她，她難受時，會覺得難受；她開心時，會為她高興；她遇到困難時，會想盡辦法幫她；如果有人欺負了她，會很生氣，想幫她報復回去。」

「我很在意你，你難受時，我肯定不會開心；你開心時，我會為你高興；你遇到困難時，我肯定會想盡辦法幫你；如果有人欺負了你，我肯定幫你打回去，這個已經驗證過了！」我瞪著江易盛說：「你是想暗示，我喜歡你嗎？」

江易盛表情哭笑不得，「妳是喜歡我，我也喜歡妳。但我們的喜歡和妳問的那種喜歡不同。」

「怎麼不同？」

江易盛皺了皺眉，把我拉到了身前，兩個人幾乎身子挨著身子，「他拉住妳的手時，妳會心跳加速；他擁抱妳時，妳會覺得呼吸不暢；他撫摸妳時，妳全身都會顫抖，一面想躲避，一面又很渴望；他吻妳時，妳會覺得那是世間最甜蜜的滋味。」江易盛一邊在我耳邊低語，一邊一隻手攬住了我的腰，一隻手輕輕地撫過我的胳膊。

他盯著我，我盯著他，從他的眼眸裡，我可以看到自己平靜清澈的眼睛。

江易盛笑了起來，「妳的眼睛裡已經清楚地寫著答案。」

我漸漸理解了江易盛的話，但是，我被自己理解到的事實嚇住了，呆若木雞地站著。

江易盛看出了我不對頭，剛要細問，從樓梯的方向傳來周不聞吃驚的聲音，「小螺？」

江易盛低呼：「闖禍了！」急忙放開了我，「小螺，快解釋一下。」

「解釋？解釋什麼？」我愣愣地看看周圍，發現周不聞站在樓梯口，吳居藍站在客廳，都靜靜地看著我和江易盛，只不過一個表情複雜、目光深沉，一個面無表情、目光漠然。

我一時間，心亂如麻，低下頭沉默著什麼都沒說，不但沒證明江易盛清白，氣氛反而更尷尬。

江易盛不得不自己找臺階下，尷尬地說：「吳表哥，你、你……什麼時候進來的？」

吳居藍清清淡淡地說：「如果你是想問，我是不是看到了一些不該看見的畫面，答案是『我看到了』。抱歉！」

江易盛忙說：「不、不用抱歉，我可以解釋的。我們是鬧著玩的，小螺……」他狠狠地拽了我一下，想讓我證明他說的話。

我卻轉身就往外面走，「我出去買點東西。」頭也不回地衝出了院子，丟下三個男人待在了屋子裡。

我坐在礁石上，眺望著遠處的大海。

漫天晚霞下，浪花一波接一波、翻湧不休，可都比不上我此刻翻湧的心情。

我怎麼可能會喜歡吳居藍？不、不、絕不可能！

從一開始，吳居藍就沒有隱瞞過，我很清楚他的真實面目——窮困潦倒、性格古怪、經歷神祕，連身分證都沒有。

我沒有好奇地探問，就那麼接受了所有事實，以為自己認定他只是生命中的過客，遲早會離開，無須多問，現在才發現，我是不敢去問。

其實，很多細節都早告訴了我答案。

可是，那些日常相處時的喜悅，在他身邊時的心安，面對他時的心慌，被他忽視時的不甘，都被我有意無意地忽略了，因為我壓根兒不敢面對一切的答案。

直到最後一刻，我都掙扎著企圖用「好朋友」來欺騙自己。

我苦笑，馬上就二十六歲了，不是十幾歲的小女孩，怎麼可以喜歡這樣的人？他就像天空中飛舞的蒲公英一樣，不管看上去多麼美麗，都不能掩蓋殘酷的事實：沒有根、沒有家、什麼都沒有。

年輕的女孩也許會喜歡上這樣浪子般的英俊男人：神祕、浪漫、刺激。她們有足夠的勇氣、足夠的青春、足夠的熱情去揮霍，轟轟烈烈，只求曾經擁有、不求天長地久。

可是，我不是這樣的，父母的離婚，讓我小小年紀就經歷了三對男女的感情和婚姻——媽媽和爸爸的，媽媽和繼父的，爸爸和繼母的。從一個家庭到另一個家庭，讓我對「流浪」和「神祕」沒有一絲年輕女孩該有的幻想，甚至可以說厭惡，我比世界上任何一個人都渴望穩定、堅實、可靠。

大概因為太早面對了不堪的男女關係，我從來不是一個浪漫的人，根本不相信天長地久的婚姻，甚至早做好了準備，這輩子單身。就算真的要結婚，我理想中的婚姻對象應該是：身家清白，沒有不良嗜好，有一定的經濟基礎，不需要事業多麼出色，但也不要財務拮据，長相不用多好看，不影響市容就行。

說白了，我就是這世間無數現實理智女孩中的一個，不會不切實際地白日做夢，希望遇見王子，拯救自己；也不會昏頭昏腦地為愛奮不顧身，降低自己的生活品質，去拯救男人。

我這樣的女人，怎麼可能喜歡上吳居藍這樣的男人？

「小螺！」

周不聞的叫聲傳來，打斷了我的思緒，我定了定神，將一切心事藏好，回過頭微笑地看著他。

「我只是來試試運氣，沒想到妳果然在這裡。」周不聞跳到礁石上，像小時候一樣，挨著我，坐到了我身旁。

我下意識地挪開了一點，「幸好這裡沒什麼好風景，遊客很少來，依舊像我們小時候的那麼清靜。」

周不聞看著我們之間的距離，鬱悶地問：「妳喜歡神醫？」

「如果你說的是朋友間的喜歡，我當然喜歡他了，如果你說的是男女之間的喜歡，我不喜歡他，剛才我們只是鬧著玩。」

周不聞的表情輕鬆了，笑咪咪地凝視著我。

我看著他，突然想：他才應該是我夢寐以求的戀愛對象啊！知根知底、事業有成、長相斯文……

周不聞突然說：「小螺，可以擁抱一下嗎？做為歡迎我回來的禮物。」

我愣了一愣後，張開雙臂，輕輕地抱住了周不聞，很開心、很溫暖，可沒有心跳加速、也沒有羞澀緊張。

周不聞說：「小螺，我回來了。」

一句平淡的話，只有我們自己知道其中的艱難，我說：「歡迎回來！」

周不聞低聲說：「一樣的海風、一樣的礁石、一樣的人，我心中缺失的那些光陰，終於再次填滿了。」

我放開周不聞，豪爽地拍了拍他的肩膀，笑著說：「不要擔心，我和江易盛一直都在這裡。」

周不聞試探地問：「妳一個人坐在這裡想什麼？」

我敷衍地說：「亂想一點心事。走吧，天黑了，該吃晚飯了。」

我站起來，視線一掃，不經意看到遠處的山崖上似乎站著一個熟悉的身影，再仔細看去，卻只有鬱鬱蔥蔥的抗風桐和羊角樹。我怔怔看著那處山崖，周不聞順著我的視線望過去，奇怪地問：「怎麼了？」

我笑笑，「沒什麼。走吧！」

Chapter 6

你願意做我的男朋友嗎？

在柴米油鹽醬醋茶的現實面前，我甚至連開始的勇氣都沒有！
可我為將來小心打算，又有什麼錯呢？

網路上曾流行一句話：每個女孩的成長中都會遇見一個渣男。我對此嗤之以鼻，覺得應該改成：每個笨女孩的成長中都會遇見一個渣男。像我這種對愛情沒有任何幻想，理智到完全不可愛的女孩絕不可能愛上一個不該愛的男人。

沒有想到，在我的青春期結束多年後，有一天我竟然也會面對這樣的困境。雖然吳居藍不是渣男，但喜歡他，最後的結果只怕不比喜歡渣男好多少。

我理智上很清楚對他的感情不應該、不正確，恨不得像拔野草、燒廢紙一樣，把心裡滋生的感情全部拔掉、燒死。但是，已經發生的感情，不是花盆裡的野草，說拔掉就能拔掉；也不是廢紙簍裡的紙片，說燒掉就能燒掉。我唯一能做的，就是用理智去克制、去淡化，直到它隨著時光的流逝一點點消失。

我一直認為這世界沒有永恆，如果非要說永恆，宇宙間唯一的永恆就是——所有的一切都會隨著時光消失。

不管是一段愛情，還是一個誓言；不管是一座山，還是一片海；甚至我們所在的地球，照耀我們的太陽，容納一切的宇宙，只要有足夠長的時間，都終將會死亡消失。

既然連太陽、宇宙這些看似永恆的東西都能隨著時光消失，我這份微不足道的感情算什麼呢？

我有信心，只要給我時間，它就會消失。

雖然我想把心裡不應該的感情消滅掉，但沒打算把吳居藍趕走，不僅僅是因為我承諾過會幫他度過這段倒楣的日子，還因為吳居藍在工作上沒有犯過一點錯。我喜歡上他，是我自己的錯，我不能因為自己的錯誤去懲罰他。

我決定用一種溫和的方式，疏遠吳居藍、淡化自己的感情。

首先，我開始發薪水給他。因為吳居藍身兼多職，肯定要比服務生的薪水高，一個月包吃包住，再給他兩千五百塊錢。從金錢上，我明確了自己和吳居藍是僱傭關係，任何事都銀貨兩清。

其次，我對他說話不再那麼隨意。凡事都用「請」、「麻煩」、「謝謝」，盡可能禮貌客氣。我很清楚這種方式是多麼殺人不見血，因為繼父就曾這麼對我。繼父在英國留學多年，他把英國貴族對待僕人的那一套禮儀全部搬到了我身上。永遠彬彬有禮、永遠禮貌客氣，看似那麼紳士有禮，可是，一舉一動、一言一行都提醒著我——他是主人，我是寄居他家的外人，永遠有距離、永遠不在同一階層。

最後，我盡力避免和吳居藍單獨待在同一空間。如果有事一定要告訴他時，我也會站在門口，用客氣禮貌的語氣說完後，立即離開。保持距離永遠是解決曖昧情愫的最好方法。

我的改變，相信吳居藍立即就察覺到了，但他絲毫沒有在意，就好像從一開始，我就是這麼對他，依舊是那副波瀾不興、冷淡漠然的樣子。

我明明做了決定要扼殺自己的感情，不應該在意他的反應，甚至該高興他的無所謂。可親眼看到他的不在意、無所謂，我卻覺得很難受，甚至有一種被辜負的失落惱怒。

難道每個女人在愛情裡都是這麼矛盾的嗎？

努力地忽視著對方，想要劃清界線，可發現自己被對方忽視了，又會很難過、很不甘心。

我在矛盾糾結中，對吳居藍的態度越發古怪。不僅吳居藍，連周不聞和江易盛都注意到了，周不聞只是冷眼看著，沒有多問，江易盛卻沒忍住。

一個晚上，四個人一起吃晚飯。當我又一次對吳居藍說「麻煩你」時，江易盛皺著眉頭說：「你們倆是不是吵架了？有什麼不愉快就好好地說出來，別憋在心裡。你們這麼彆彆扭扭的，連我都覺得難受。」

我立即矢口否認，「沒有！我們能有什麼不愉快？難道我說話禮貌點不應該嗎？」

江易盛盯著我，表情明顯是不信。

「真的沒有不愉快，如果有不愉快，吳居藍早走了。我這裡又不是什麼好地方，不高興了還要待著。是吧！吳居藍？」我求證地看著吳居藍。

吳居藍抬眸看向我，他的目光像往常一樣，平靜深邃、波瀾不興。我卻心裡一涼，知道自己在逼自己，也許，也是在逼吳居藍。

吳居藍對江易盛淡淡地說：「沒有不愉快。」說完，他低下了頭，沉默地吃著飯。

我的心一抽一抽地痛，卻一眼不看吳居藍，故意和周不聞又說又笑，一會兒聊小時候的糗事，一會兒說哪裡好玩，顯得十分開心。

我曾在一本書上看到過一句話「女人都是天生的戲子」，以前不能理解，現在終於懂了。每一次刻意地傷害吳居藍，我其實比他更難受，卻總能做出完全不在乎的樣子。

吃過晚飯，江易盛要回家時，我拉一拉他的衣角，小聲地說：「幫我個忙。」

江易盛隨我上樓，走進我的臥室，發現是一面窗戶的窗簾杆鬆脫了。不是什麼有技術難度的工作，但必須要兩個人一起拿著杆子，維持水準，才能安裝好。

把窗簾杆安裝好後，江易盛跳下桌子，一邊把桌子推回原位，一邊說：「妳和吳表哥沒鬧不愉快嗎？這點事妳都不找他，偏要來找我？」

我倚在窗前，沒有吭聲。

江易盛苦口婆心地說：「妳的親人本就不多，我看吳表哥對妳不錯，人要惜福，別太做作！」

我悶悶地說：「他根本不是我表哥，我和他沒有任何血緣關係。」

江易盛愣了一愣，說：「難怪我總是覺得哪裡有點怪，可因為認定了你們倆是兄妹，一直沒有深想。妳、妳……」他露出恍然大悟的表情，震驚地問：「妳是不是……是不是？」

我知道他要問什麼，眺望著窗外的夜色，坦白地承認了，「我喜歡他。」

江易盛嘆了口氣，說：「吳表哥挺好的，不過，我私心裡一直希望妳能喜歡大頭。」

我痛苦地說：「我也希望自己能喜歡大頭！」

江易盛納悶地問：「妳怎麼了？吳表哥又不是洪水猛獸，喜歡就喜歡了唄，為什麼苦惱呢？」

我遲疑了一下說：「他撒的謊可不僅僅是表哥身分，還有他的職業。他根本沒讀過大學，剛開始連在電腦上打字都不會，哪裡懂什麼程式設計？」

「他竟然是一個騙子！」江易盛怒了，挽起袖子想去揍人。

我忙拉住他，「吳居藍沒有騙我！我第一次見到他時，他就是一個身無分文的流浪漢。我問他學歷、工作，他都如實說了，沒有文憑、沒有工作。」

江易盛像聽天方夜譚一樣，震驚地看著我，「妳的意思是說，妳撿了個流浪漢回家？」

我點點頭。

江易盛摸我的額頭，喃喃說：「小螺，你們家沒有精神病遺傳史吧！怎麼會做這種瘋子才會做的事？」

「我沒瘋，我很清楚自己在做什麼！你沒有嘗過無家可歸的滋味，永遠不能理解我們……」我打掉了他的手，表示自己不想再糾纏這個問題，「就算再來一次，我依舊會這麼做！」

江易盛問：「妳看過他的身分證嗎？知道他是哪裡人，我可以想辦法幫妳查一下他。」

我有點心虛，吞吞吐吐地說：「他說……沒有身分證。我也不知道他究竟是把身分證弄丟了，還是……黑戶，壓根兒沒有身分證。」

江易盛敲了下我的頭，沒好氣地說：「說不定是通緝犯！殺人越貨後，流竄到我們這裡的。」

我癟著嘴，看著江易盛，要哭不哭的樣子。

江易盛立即心軟了，趕緊安慰我說：「我嚇妳的！吳居藍不像是壞人，要是壞人，早把該幹的壞事都幹完了。不過……小螺，妳明明知道他的情況，怎麼還會喜歡上他？這種人是適合結婚的對象嗎？」

我扭過了頭，低聲說：「我就是知道不該喜歡他，才痛苦啊！」

江易盛拍拍我的肩膀，嘆了口氣，實在不知道能說什麼。

我低著頭，難受地說：「喜歡上這樣一個人，簡直比喜歡上一個渣男更悲慘！」

江易盛寬慰說：「好了，好了！不就是喜歡而已嘛！妳看我那些女朋友，剛開始都是不管不顧地撲過來，追著我說愛啊愛的，結果一到我家，看到我爸爸和我奶奶的樣子就都放棄了，證明女人放棄一段感情不會很難。既然明知道不合適，放棄了就好了！」

我哭笑不得地給了江易盛一拳，「你這是在安慰我，還是在罵我？」

江易盛笑著說：「不管是什麼，只要妳開心就好。」

我說：「我沒事了，你趕緊回家吧！」

兩人熟得不能再熟，我只把江易盛送到了樓梯口，「記得幫我把院門鎖好了。」

江易盛說：「別難受了，還有個人等著妳垂青呢！」說完，他指了指走廊另一頭的屋子。

我抬起腳，作勢要踹江易盛，「滾！」

江易盛迅速地把我腳上的人字拖拿下，用力一扔，砸到了周不聞房間的門上。我一邊破口大罵，一邊單腳跳著過去撿鞋。

周不聞拉開了門，笑問：「你們怎麼了？」

江易盛哈哈大笑著衝下了樓，「我走了，你們好好聊！」

＊　☆　＊　☆　＊

我和周不聞站在門口聊了一會兒天，回了自己的屋子。洗完澡、敷完面膜，看了會兒電視後，我躺到床上，準備睡覺。

江易盛說放棄一段感情不難，我也曾這麼堅信，但現在我不知道了。因為我發現，我對吳居藍的感情越壓抑似乎越蓬勃。

所有道理，我都明白；所有惡果，我都清楚，但我就是沒有辦法控制。

的確，整個宇宙唯一的永恆就是一切都會消失。地球如此、太陽如此、整個宇宙都會如此，但那需要足夠長的時間。萬年，星辰消失；千年，滄海乾涸；百年，物種滅絕；有誰能告訴我一段感情的消失需要多少時間？

如果不是幾個月，也不是幾年，而是幾十年……

當然，最終的結果肯定遵循一切都會消失的定律，因為我們的肉體會湮滅，附著於肉體的情感自然也會消泯。

我越想心越亂，索性爬了起來。

拉開窗簾，坐到窗邊，看著天上的月亮。正是十五月圓之夜，天上沒有一顆星星，只有一輪皎潔的圓月在雲層裡穿進穿出。

我從窗口攀緣的藤條上掐了一枝龍吐珠花，拿在手裡繞來繞去地把玩著。

夜深人靜、萬籟俱寂，我竟然想起了很多關於江易盛的事情。

從小，江易盛就是品學兼優、多才多藝的神童，本來和我是同班同學，可他後來連跳三級，跑去和大頭做了同班同學，依舊每次考試拿年級第一。大學聯考後，毫無意外地進入名校的醫學院，四年就完成了七年的必修科目研讀。

人說天才和瘋子總在一線之隔，某種意義上說，江易盛就是這句話的現實體現。江易盛家有遺傳精神病史，不是每個人都會發病，他的爺爺和堂爺爺都正常。但他爸爸在他十一歲時發病了，就是那段時間，我們機緣巧合地走近，成為了好朋友。他十六歲時，奶奶因為腦中風，偏癱在床。四口之家，卻有兩個都是病人，江易盛不可能留下日漸老去的母親獨自一人面對一切。本來憑藉優異的成績，他完全可以留在大城市工作，但為了照顧親人，他回到了海島。

江易盛身高腿長，天生桃花眼，一副風流倜儻的好皮相，人又聰明開朗、才華橫溢，十分招女孩子的喜愛。從他讀大學開始，追他的女孩兒一直沒有少過，但每一段感情只要江易盛領著女孩子到家裡一次，就無疾而終。

我至今都清晰地記得，在我大學快畢業時，有一次江易盛喝醉了，拉著我的手，喃喃說：「我完全能理解她們的想法，她們都哭著說『對不起』，但我不需要『對不起』，我只是想要、想要一個人……」江易盛用我的手捂住了他潮溼的眼睛，就算喝醉了，他依舊不敢說出心底的奢望。

因為太清楚江易盛滿不在乎之下受到的傷害，我非常憎惡那些女孩愛了卻不敢深愛，一旦碰到現實，就立即退縮。

但今夜，我突然發現，我和那些我曾經憎惡過的女孩沒有任何區別，在柴米油鹽醬醋茶的現實面前，我甚至連開始的勇氣都沒有！可我為將來小心打算，又有什麼錯呢？

我無力地趴在窗邊，覺得心口憋悶難言，為江易盛、也為自己。

我左思右想，掙扎了一會兒，站了起來。

輕輕拉開門，躡手躡腳地走下樓，明明知道這個時間吳居藍肯定在睡覺，我也並沒有真正理清楚自己的想法。但是，我就是難以遏制自己的衝動，想要靠近他，即使只是站在他的門口。

當我走到書房外時，卻發現書房的門沒有關。

我遲疑了一下，走了進去。

書房的百葉窗沒有放下，窗外的皎潔月光如水銀瀉地，灑入室內，映得四周一點都不黑。隔著博古架，我依稀看到床上空蕩蕩的，似乎沒有睡人。

「吳居藍？」

我試探地叫了一聲，沒有人回答。

我立即衝到了床邊，床鋪乾乾淨淨，連被子都沒有打開，顯然今天晚上吳居藍壓根兒沒有在這裡睡過。

我慌了，立即打開所有的燈，從書房到客廳，從廚房到院子，把樓下全部找了一圈，都沒有看到吳居藍。

我匆匆忙忙地跑上樓，把兩間客房的門都打開，依舊不見吳居藍。

我忍不住大叫起來：「吳居藍！吳居藍！你在哪裡……」

周不聞拉開門，困惑地問：「怎麼了？」

我驚慌地說：「吳居藍不見了，你知道他去哪裡了嗎？」

「妳別著急，一個大活人不會丟的。」

周不聞陪著我從二樓找到一樓，把所有房間又都找了一遍，確認吳居藍的確不見了。

我如熱鍋上的螞蟻，在院子裡轉來轉去，想不通吳居藍去了哪裡。

周不聞回憶著說：「我最後一次見吳居藍是八點左右，江易盛被妳叫上樓，我也準備上樓休息。上樓前，我看到吳居藍在打掃院子、收拾桌椅。」

我心裡一動，停住腳步，看向收放藤椅的地方。

皎潔的月光下，七里香花香陣陣，綠色的藤蔓婆娑起舞，白色的龍吐珠花搖曳生姿，藤桌和藤椅整齊地放在花架下。我的視線順著攀緣的藤蔓一直往上，先是牆壁，然後是——我的臥室窗戶。

我一下子捂住了嘴巴。

他聽到了！

他聽到了那些把他貶得一無是處的話，我甚至說喜歡他還不如喜歡一個渣男！

我拉開院門就往外衝，周不聞著急地問：「妳去哪裡？」

「我去碼頭，我不能讓吳居藍就這麼走了，就算他要走，我也要把話說清楚。」

我瘋了一般，一直往前跑。

周不聞叫：「現在車都沒了，妳怎麼去碼頭……」周不聞追了一段，發現我根本充耳不聞，他只能先跑去敲江易盛家的門。

江易盛開著車，載著我和周不聞趕到碼頭。

凌晨一點多的碼頭，沒有一個人。澎湃的海浪聲中，只有星星點點的燈光照著清涼如水的夜色。

我沿著碼頭來回跑了一遍，都沒有發現吳居藍，忍不住大聲叫起來：「吳居藍！吳居藍……」

一波又一波的海浪聲中，我的聲音剛傳出去就被吞噬得一乾二淨。

我站在欄杆邊，看著黑漆漆、遼闊無邊的海面，突然意識到，吳居藍能沒有任何徵兆地出現在我面前，自然也能沒有任何徵兆地消失。

如果他就這麼走了，永遠再見不到他，我、我……

我滿心恐懼，搖搖晃晃，眼看著就要摔倒，周不聞扶住了我，「離島的船一天只有兩班，就算吳表哥想走，最快也要等到明天清晨。」

我搖搖頭，痛苦地說：「還有漁船。」

江易盛匆匆跑過來，和周不聞一起扶著我坐到等船的長椅上，「漁船更不可能這麼晚離開海島。我剛去問過值夜班的人了，他說晚上九點後，就沒有漁船離開，吳居藍肯定還在島上。」

我猛地站了起來，「我去找他。」

江易盛拉住了我，「妳能去哪裡找他？不管他是乘客船，還是乘漁船，都會從碼頭離開。我們在這裡等著，肯定能見到他。」

周不聞說：「沒必要三個人一起耗著。易盛，你送小螺回家，我在這裡等著。一旦看到吳表哥，我會打電話給你們。」

我不肯走，江易盛說：「萬一吳居藍只是心情低落，出去走走呢？說不定他已經回家了。」

周不聞也勸道：「剛才太著急了，妳回去查看一下他的東西，如果衣物和錢都在，說明妳肯定想岔了。」

我聽他們說的有道理，又迫不及待想趕回家。

江易盛陪著我回到家，我一進門就大叫：「吳居藍！吳居藍……」

沒有人回答。

江易盛四處查看了一遍，無奈地搖搖頭，「還沒回來。」

我衝進書房，翻吳居藍的東西，發現我買給他的衣褲都在，強發給他的兩千五百元薪水也在。

江易盛看到這些，鬆了口氣，說：「妳別緊張了，他肯定沒走。」

我怔怔地看著吳居藍的東西。一個人活在世上，衣食住行，樣樣不可少，我自認為已經很簡樸了，但真收拾起東西來，也得要好幾個大箱子。但吳居藍所有的東西就是這麼一點，連小半個抽屜都沒有裝滿，我覺得十分心酸。

江易盛勸我去睡一會兒，我不肯，江易盛只能陪我坐在客廳裡等。他白天工作了一天，畢竟是疲憊了，靠躺在沙發上，慢慢地睡了過去。

我拿了條毯子蓋到他身上，看他睡得挺安穩，我關了大燈，去了書房。

我站在博古架旁，看著空蕩蕩的屋子，心裡被後悔痛苦折磨著。

電腦的電源燈一直在閃爍，我隨手動了下滑鼠，螢幕亮了。我記得下午用完電腦後就關機了，晚上好像沒有人用電腦。

我心裡一動，打開網頁，查看歷史搜索記錄。

最新的搜索記錄是「渣男」。

我打開了吳居藍瀏覽過的網頁。

渣男：「人渣類型男人」的簡稱，指對事業不思進取，對家庭毫無擔當，對生活自暴自棄的男子。也用於那些品行不端、欺騙玩弄女性感情的男人。

吳居藍以前沒有上過網，並不清楚「渣男」這個網路用語，當他搜索出這個詞語，仔細閱讀它的解釋時，是什麼樣的心情？

我又看了一下他別的搜索記錄，「手受傷後的治療」、「裝修線路圖」……都不是我搜索的，自然是吳居藍搜索的了。

這就是被我罵連渣男都不如的人為我做過的事！我如同被狠狠抽了幾個耳光，又愧又痛。

我猛地站起來，拿了個手電筒，就離開了家。

我不知道應該去哪裡找吳居藍，只是覺得我必須去找他，不能讓他一個人孤零零地待在外面。

我從媽祖山上找到山下，沿著海岸線，深一腳、淺一腳地走在礁石上，邊走邊叫：「吳居藍！吳居藍……」

在這個海島上，他沒有親人，沒有朋友，根本沒有地方可以去。如果被人辱罵了，他心情不好，想要找個地方清淨一下，就只能待在這些僻靜的地方。

我心如刀絞，眼淚直在眼眶裡打轉。

從相遇第一天起，我就知道他是孤身一人，沒有親人可以投靠，沒有朋友可以求助。我卻只是因為想要扼殺自己的感情，就用繼父對待我的方式去對待他。自以為發給他兩千多薪水就算是平等對待，擺明了欺負一個沒有還手之力的人，還自我感覺很仁慈。

「吳——啊！」我腳下一滑，重重摔在了礁石上。

雖然月色皎潔，還有手電筒，可礁石又溼又滑，一個沒踩穩，就會跌跤。我顧不上疼，撿起手電筒，繼續一邊找，一邊叫：「吳居藍！吳居藍……」

從凌晨兩點多找到天濛濛亮，我不知道究竟跌了多少跤，嗓子都叫啞了，依舊沒找到吳居藍。

手機鈴聲突然響起，我看是周不聞，急忙接了電話，「看到吳居藍了嗎？」

「沒有。」

「他回家了嗎？」

「沒有。妳在哪裡，我和江易盛……」

周不聞後面的話，我完全沒聽到。

手無力地垂下，整個人如同被抽去了魂魄，呆呆地看著遠處的海浪一下下拍打在礁石上，碎裂成千萬朵白色的浪花。

「我再也找不到吳居藍」的念頭像一條死亡之繩般緊緊地勒住我的嗉喉，勒得我幾乎無法喘息，胸口又脹又痛，似乎馬上就要死去。

突然，碧海藍天間，出現了一個熟悉的身影。

吳居藍一身白衣黑褲，踩著礁石，慢慢地向我走來。

我好像在做夢一般，傻傻地看著他，直到他停在我面前。

我揉了揉眼睛，確定這不是幻覺，猛地一下撲了過去，完全忘記了腳下不是平整的路，而是一塊塊凹凸不平的礁石。

一腳踩空，眼看著就要狠狠摔下去時，一雙手穩穩地抓住了我，把我拎到了礁石上。

我像就勢攀緣的藤蔓一樣，立即握住了他的手腕，嘶啞著聲音說：「對不起！對不起……」

他一言不發，目光從我的手慢慢地看向我的胳膊。昨天晚上，匆匆忙忙之間，我忘記了換衣服，穿著短袖睡衣就跑了出來。在礁石上跌了無數跤後，現在兩隻胳膊上都是五顏六色的傷口。

我立即縮回了手，「不小心摔了一跤，礁石太滑了。」

吳居藍問：「為什麼在這裡？」

我臉漲得通紅，「我……來找你。對、對不起！」

「對不起什麼？」

「昨天晚上我說的話，我知道你聽到了。」

吳居藍淡淡說：「妳想多了，我沒有生氣，也沒有打算不告而別。我只是有點事，想一個人待一夜。」

我並不相信他的話，但不管如何，他現在還在我面前，我還有機會彌補犯下的錯，這已經是老天給我的最大恩賜。

★ ☆ ★ ☆ ★

我和吳居藍回到家時，周不聞和江易盛立即衝過來，不停地埋怨我不打招呼就跑了出去。

我一聲不吭地聽著，吳居藍更是惜言如金。

周不聞對吳居藍說：「吳表哥，不管你和小螺有什麼不愉快，大家是成年人了，有事好好溝通，怎麼可以像小孩子一樣離家出走呢？你知道昨天晚上小螺有多著急嗎？」

我說：「不關吳居藍的事，是我……」

江易盛舉手，做了個停的手勢，表示一切到此為止，「好了！都別說了！平安回來就行，你們昨晚都沒睡覺，白天補一覺吧！」他拿好外套和車鑰匙，打算離開。

我攔住他，小聲地說：「幫我替吳居藍辦一個預付卡的手機，品質和信號都要好，充值一千塊錢的電話費，錢我回頭給你。」

江易盛明白我是被嚇著了，不想再發生昨夜這種聯繫不到吳居藍的事，他壓著聲音問：「他會要嗎？男人越窮，自尊心越強。」

我說：「他可從來沒有做窮人的自覺，在他眼裡，一雙舊拖鞋和一個新手機不會有差別，以後你就知道了。」

江易盛詫異地挑挑眉，「好！」他一邊往外走，一邊對吳居藍和周不聞揮揮手，「我去上班了，晚上再過來。」

吳居藍徑直走進了書房，我像個提線木偶般，亦步亦趨地跟在他身後。他回過身，淡淡問：「妳還想說什麼？」

「對不起」已經說了，他也說了「沒有生氣，不會不告而別」，似乎的確沒什麼可以說的了。

我訕訕地說：「沒有，你好好休息。」

我退出書房，幫吳居藍關好門。一回頭，看到周不聞站在走道裡，若有所思地看著我，我勉強地笑了笑，說：「昨晚辛苦你了，白天睡一下吧！」

我回到臥室，簡單地沖洗了一下，換了件乾淨的衣服。正在吹頭髮，聽到了敲門聲。

我拉開門，是周不聞。

他舉了舉手裡拿的消毒水和藥棉，「我看妳胳膊上有傷。」

他拿的消毒水和藥棉是我上次受傷後沒有用完的東西，連我都不知道吳居藍收放在哪裡，我問：「從哪裡找到了這個？」

周不聞說：「問吳表哥要的。」

我冒出一個很詭異的念頭，如果沒有周不聞多事，也許吳居藍會自己把藥水送上來。轉眼間卻覺得自己自作多情了，他能不生我氣就夠寬宏大量的了。

周不聞看我站著發呆，拍了下沙發，「過來！」

我坐到他身旁，說：「只是一些擦傷而已，不用這麼麻煩。」

「還是消一下毒好。」他拿了浸泡好的藥棉，想幫我擦。

我忙說：「我自己來。」

我低著頭替胳膊上的傷口消毒，周不聞目不轉睛地看著我。

我問：「看著我幹什麼？」

「小螺，我寫給妳的那封信，妳扔了嗎？」

我彎下身，一邊用藥棉輕按著腳腕上的傷，一邊不在意地說：「沒有。」

周不聞問：「妳打算什麼時候回信給我？」

我被嚇得身子一下子僵住了，一瞬後，才直起身，盡量若無其事地說：「小時候寫著玩的東西，都這麼多年過去了，你現在事業有成，家境富足，在大城市有房有車，喜歡你的女孩兒肯定很多……」

周不聞握住了我的手，我立即閉嘴了。

「你說的是周不聞擁有的一切，但是，我不僅僅是周不聞，我還是李敬。雖然我跟著爸爸改了姓名，可我很清楚自己是誰。小螺，我們分開的時間太久，我本來想給我們點時間，慢慢來，但我怕再慢一點，就真的來不及了。」

我腦子發懵，傻看著周不聞。雖然江易盛一直在開我和周不聞的玩笑，但我從來沒當真過，因為一點都沒有感覺到我們之間有異樣的情愫。

周不聞一手握著我的手，一手搭在沙發背上，凝視著我說：「小螺，如果我沒有離開，也許我們早就在一起了。」

我抽出了手，盡量溫和地說：「但是生活沒有也許……」

周不聞卻顯然沒有聽進去我的話，他俯下身，想要吻我。

我立即往後退避，人貼在了沙發背上，再無處可退。我不得不雙手用力地抵著周不聞的胸膛，「大頭，不要這樣！」

周不聞卻情緒失控，不管不顧地想強行吻我。

「大頭、大頭……」

兩人正激烈地糾纏著，突然，從院子裡傳來「啪」一聲脆響，提醒著我們，這個屋子裡不只我們兩人。

周不聞終於冷靜下來，他放開了我，埋著頭，挫敗地問：「為什麼？妳瞭解我，我瞭解妳。我很清楚妳要什麼，妳要的一切，現在的我都能給妳，穩定的家庭、穩定的生活、穩定的未來，我以為我們在一起肯定是自然而然、水到渠成的。」

「對不起。」我很清楚，這個世界上，也許不會再有比周不聞更適合我的人了。他清楚我的一切，卻依舊接受並喜歡我。從小到大，我所渴望的一切，他全部都能給予。但是，我就是沒有辦法接受，我的心已經被另一個人占據。

周不聞問：「難道我們一起長大的感情都敵不過分開的時光嗎？」

「對不起，我們的感情是另外一種感情。」

周不聞沉默了一會兒，強打起精神，笑著說：「不要說對不起。我並沒有放棄，妳還沒有結婚，我還有機會。」

我剛想開口，周不聞伸了下手，示意我什麼都不要說。我只能把已經到嘴邊的話吞了回去。

周不聞說：「我去睡一會兒，妳好好休息。」他已經拉開了門，突然回過身，「忘記問妳一件事了，吳居藍真的是妳表哥嗎？」

我搖搖頭。

周不聞露出了「果然如此」的表情，微笑著走出臥室，輕輕地關上了門。

我一個人怔怔地坐了會，突然想起什麼，一躍而起，跑到窗口，偷偷向下看。

吳居藍正拿著掃帚和簸箕在掃地，原來那「啪」一聲是玻璃杯摔在石頭地上的聲音。

他打掃完玻璃碎片，轉身進了屋裡。

我想都沒想，立即拉開門，跑下樓，衝到書房前。

書房的門關著，我抬起手想敲門，又縮了回來。

我沒有勇氣進去，卻又不願離去。於是，就這樣一直傻乎乎地站在門前。

不知道站了多久，門突然被拉開了，吳居藍站在了我面前。

我驚了一下，忙乾笑著說：「我剛要敲門，沒想到你就開門了，呵呵……真是巧！」我一邊說，一邊還做了個敲門的姿勢，表明我真的就要敲門的。

吳居藍一言不發地盯著我。

我覺得我大概……又侮辱了他的智商。

我訕訕地把手放下，怯生生地問：「我能進去嗎？」

吳居藍沉默地讓到一旁，我走進屋裡，坐在了電腦桌前的椅子上。

吳居藍關好門，倚在牆上，雙臂交叉抱在胸前，遙遙地看著我，「妳想說什麼？如果是道歉的話，妳已經說了很多遍了，我沒興趣再重覆一遍『我沒有生氣』。」

我鼓足了勇氣說：「你沒有生氣，但你不是完全不在意我說的話。否則，你也不會去網上搜

『渣男』的意思。」

吳居藍愣了一下，他再聰明，畢竟剛接觸電腦不久，還不知道可以查詢歷史記錄。不過，他也沒有興趣追問我是如何知道的，只簡單地解釋說：「我是個老古董，不懂『渣男』的意思，所以查詢了一下。」

「還記得我們一起看過的《動物世界》嗎？當獅子吃飽時，羚羊就在不遠處吃草，牠連多看一眼的興趣都沒有。還有……那個玻璃杯怎麼會飛到院子裡的？」

吳居藍沉默地看著我，表情平靜得沒有一絲波瀾，讓我覺得我又一次想多了。

我看著他，心跳越來越快。

眼前的這個男子雖然性子冷峻、言語刺人，可面對任何事時，都不推諉。不管是我被打劫受傷、還是民宿裝修，他其實完全可以不管，但他一言未發，該操心的地方操心，該出力的地方出力，讓我輕鬆地養著傷，愉快地看著民宿順利裝修好。我竟然還認為他不可靠、不穩妥？

我突然發現，自己非常、非常傻！

人生的物質需求不過是衣食住行、柴米油鹽。這些東西，不管是房子還是車，不管是首飾還是衣服，無論如何都是錢能買到的，就算買不起貴的，也能買到便宜的。但是，這個世界上不可能再有第二個吳居藍，我也不可能去找個便宜點的男人喜歡。我怎麼會把那些在商場和工廠裡能買到的東西看得比吳居藍更重要呢？

爺爺供我讀書，精心教養我，讓我有一技之長能養活自己，還把一棟房子留給我，難道不就是讓我有能力、有依靠地去追尋自己喜歡的生活嗎？

難道我努力多年，現在所擁有的一切只是為了讓我向所謂的現實妥協嗎？

如果只是一份安穩的生活，難道我自己沒有能力給自己嗎？

我有房子可以住，有頭腦可以賺錢，正因為我知道我能照顧好自己，所以我從沒有指望過透過婚姻，讓一個男人來改善我的生活。既然我都有勇氣一輩子單身，為什麼沒有勇氣去追逐自己喜歡的人呢？

想到我竟然會為了那些工廠製造、隨處都能買到的東西去放棄一個世界上獨一無二的人，我頓時覺得身體發涼，一陣又一陣害怕。

如果說，剛才站在書房門口時，我還很茫然，不知道自己究竟想要怎樣。我喜歡吳居藍，卻覺得看不到兩個人的未來；周不聞願意給我安穩可靠的未來，我又覺得沒有辦法違背自己的心意。

但此時此刻，恍若佛家的頓悟，剎那間，我心思通明，徹底看明白了自己的所想所要。

我站了起來，目光堅定地看著吳居藍，「我喜歡你，你願意做我的男朋友嗎？」

Chapter 7

你還會做什麼？

我覺得吳居藍越來越像一個謎，
每當我覺得更加瞭解了一點他時，他又會給我更多的驚訝。

這幾天，我一直在思索，表白後到底有幾種結果。
我願意，我也喜歡妳……
是接受。
對不起，妳是個好人，但是我……
是拒絕。
太突然，我要考慮一下……
是沒有接受，也沒有拒絕。
應該只有這三種結果了。
那麼，吳居藍的「我知道了」算什麼呢？
那天，我當面表白完，他波瀾不興、面無表情地凝視了我一會兒後，給我的答覆就是：「我知道了。」

和他的沉默對視，已經把我所有的勇氣都消耗得一乾二淨，我再沒有膽量多問一句。當他拉開門，示意我應該離開時，我立即頭也不回地落荒而逃。

後果就是——

我這幾天一直在冥思苦想，「我知道了」算表白後的哪一種結果？

接受嗎？當然不可能！

拒絕嗎？當時他表情冷峻、目光幽深，似乎的確……

幾經思考後，我一廂情願地把「我知道了」歸到了表白後的第三種結果——沒有接受，也沒有拒絕。

事到如今，我回過頭想，才發現我之前的糾結很可笑，我一直糾結於該不該喜歡吳居藍，完全忘記了考慮人家會不會喜歡我。

吳居藍這種人，落魄到衣衫襤褸時，還挑剔我做的飯難吃呢！對於自己的感情肯定只會更挑剔，我當初實在太自以為是了！

★ ☆ ★ ☆ ★

周不聞告訴我，他工作上有點急事，需要提前回去了。

我不知道是真是假，但是，他能離開，總是好的。畢竟在表白與被表白之後，不管兩個人多想裝得若無其事，總是會有一些尷尬在，這不是理智能克服的，只能讓時間自然淡化。

周不聞按照民宿規定的大套房價格結清了房費，我本來想幫他打折，被他拒絕了。

我說：「只要連續住三天以上，都會有折扣的。」

周不聞說：「一般的客人能隨意吃海鮮，隨意吃水果嗎？我不和妳算那些費用，妳也別和我囉嗦，要不然我下次回來，就去住別的民宿了！」

我不敢再多說，和江易盛一起送周不聞乘船離開了。

周不聞離開後，沒有客人再入住。

準確地說，自從民宿開張以來，除了周不聞，就沒有其他客人。從周不聞那裡賺的錢剛好夠支付吳居藍的手機費和話費，也就是說，從民宿開張以來，我只有出帳、沒有進帳。

看著銀行存款一點點減少，我有一種坐吃山空的感覺，壓力很大。

不過，也不是壞事，至少分散了我面對吳居藍的壓力。

我在他面前赤裸裸地表白了，他卻像什麼事都沒有發生一樣，言談舉止間沒有一絲尷尬，只有我一個人在忐忑不安。但不管多麼忐忑不安，都必須先考慮自己的生存大計，解決了經濟基礎，才能營造感情。

我每天坐在電腦前，在各個旅遊論壇替自己的小民宿做宣傳。還是有點效果的，時不時就會接到電話來諮詢，但是對方一旦問清楚「交通不方便」，遠離碼頭和最有名的燈籠街，就會很禮貌地說「我考慮一下再給妳電話」。

我找過工作，自然知道，這代表了婉言拒絕。

福無雙至，禍不單行。

每日清晨和傍晚，江易盛的爸爸都會在保姆或江媽媽的陪伴下，外出散步。附近的人都知道江爸爸有點瘋瘋癲癲，遇到時，客客氣氣打個招呼後就盡量迴避。可那天一個不知道從哪裡冒出來的陌生男人竟然刺激得江爸爸突然發病，從山坡上滾了下去。

陌生男人看到闖了禍，立即跑了。保姆忙著打電話求助，也顧不上去抓人，只能自認倒楣。

江易盛的爸爸進了醫院，醫藥費像流水一樣花出去。雖然江易盛沒有讓我還錢，但我覺得必須要還錢了。

我拉著吳居藍去銀行把所有的錢都取了出來，掏空所有的口袋，總共一萬八千零四十六塊。

我鬱悶地盯著茶几上的錢，思來想去、想去思來，唯一的出路就是向周不聞借了。

我拿出手機，剛要撥打電話，吳居藍從書房裡走出來，把薄薄一疊錢放到了茶几上。

我疑惑地看著他。

吳居藍說：「兩千塊錢，先把江易盛的錢還了。」

我問：「是……我發給你的薪水？」

吳居藍沒有說話，顯然覺得我問了個白痴問題。

這算怎麼一回事呢？我說：「就算拿了你的錢還了錢，我們只剩下四十六塊錢，怎麼生活？還是要借錢！無論如何都是借，算了，你把你的錢拿回去吧！」

我按了撥號鍵，音樂鈴聲響起。

這個手機本就是便宜貨，被摔過一次後，性能變得很奇怪，通話時還好，音樂鈴聲卻嚴重失真，特別刺耳。我為了不讓耳朵被荼毒，把手機拿得遠離耳朵，只是盯著螢幕，準備看到電話接通時，再放到耳邊。

吳居藍伸手握住了手機，「我還有五百塊錢。」

「那也不夠啊！」

「我會想辦法。」

電話已經接通，周不聞的聲音隱隱地傳來，「小螺，喂，小螺……」

吳居藍握著手機沒有放。

我輕聲問：「你不想我跟周不聞借錢？」

吳居藍沒有回答我的問題，只是說：「錢的事，我會想辦法。」

「這樣啊……」我皺著眉頭，從他手裡抽出了手機。

吳居藍並沒有真的用力阻攔，他眼中閃過一絲黯然，緊緊地抿著唇，垂頭看著自己的手。

我把手機貼在耳邊，眼睛卻是一直看著吳居藍，「喂，大頭，剛才手機信號有點不好。我沒什麼事，就是打個電話問候你一下……」

吳居藍猛地抬頭看向了我，臉上沒有一絲表情，但深邃的眼睛像夏日陽光下的大海般澄淨美麗、光芒閃耀。

和周不聞聊了幾句後，我掛了電話。收起桌上的兩萬塊錢，笑咪咪地說：「我去還錢了。」

吳居藍一言不發，跟著我走出了院子。

我說：「你不用去了，就幾步路，不可能那麼倒楣，再碰到搶劫的。」

吳居藍不客氣地嘲諷：「妳是招雷運體質。」步子不緊不慢，依舊跟在我身旁。

我不高興地努了努嘴，又抿著唇悄悄笑起來。

兩人去江易盛家，不顧江易盛的反對，堅持把錢還了。

回到家，我掏出僅剩的四十六塊錢，對吳居藍伸出手，「你的錢呢？」

吳居藍把五百塊錢給我，我自己留了三百，給了吳居藍二百四十六，兩人算是把所有財產平均分割了。

我說：「一起想辦法吧！」

晚上，我躺在床上，看著自己僅剩的三百塊錢，憂鬱地嘆了口氣，可是不一會兒，又忍不住咧著嘴傻笑起來。

第二天。

我從相熟的漁民那裡要了一堆大大小小的海螺，開始做手鍊、項鍊、掛飾、綴飾……這個手藝是跟爺爺學的。

爺爺年少時為了謀生，隨船出海，常常在海上一待就是半年。他沒有錢，買不起首飾，只好琢磨著用各種色彩、各種形狀的海螺做出美麗精巧的東西。下船後，把它們送給奶奶。

奶奶去世後，爺爺依舊常常用海螺做東西。等積攢到一定數量，就拿到碼頭去擺攤賣掉。

小時候，我以為爺爺是為了賺錢，後來才明白，賺錢只是其中一個原因，更重要的是思念。爺爺思念他在海上漂泊時寂寞卻璀璨的時光，思念他每次漂泊後，都有個溫柔女子站在碼頭等他。

海螺在爺爺的記憶中，是無數的快樂和美好，所以當爸爸為我的名字徵詢爺爺意見時，爺爺毫不猶豫地讓我以「螺」為名。

大概因為這點緣分，我從小就喜歡擺弄這些形狀各異的美麗海螺。在爺爺的悉心教導下，我會用海螺做項鍊、手鍊、鑰匙鍊、風鈴、筆洗、燭臺、首飾盒、香皂盒、花盆……當然，我的手藝和爺爺完全沒有辦法比，但是每一個作品都是我精心設計、細心做的，和那些工廠線上生產的海螺飾物一比，高下立分。基本上，每次我和爺爺擺攤，都會很快就賣完。

只不過，做這些東西很花時間，價格又不可能定到像在高級商鋪裡出售的工藝品那麼高，所以從時間成本上來說，也賺不了多少錢。

但現在民宿沒客人，我決定就先用這個手藝賺點買菜錢吧！至少保證我和吳居藍不會被餓死。

我一邊守著電話等生意，一邊做著海螺和貝殼飾品。

吳居藍也在做東西，他從海邊撿回來一塊木頭，拿著爺爺的舊工具，又削又砍又磨又烘……反正我看著很複雜、很高深的樣子。

幾天後，我隱隱約約地看出來吳居藍想做什麼了。不過，我不太敢相信自己的判斷。

「你……這是在做古箏？」

「古琴。」吳居藍冷冷地瞥了我一眼，「兩者差別很大。」

我呆滯了三秒，呵呵乾笑，「差不多了，都是樂器。」

琴身做好後，吳居藍開始上琴弦。我知道他的木頭是從海邊撿回來的，沒花一分錢。但古琴琴弦……我真不記得島上有這麼風雅高級的店。

「你從哪裡買的琴弦？」

「淘寶[9]。」

9中國最大的拍賣網站。

「……」我決定默默地走開。

我很為吳居藍的「高級樂器」發愁市場。

這個海島上彈鋼琴、拉二胡的我都見過，但古琴……我估計當我們拿出去賣時，每個路過的人都會來圍觀，然後默默地給我們點一根蠟燭離開。

我只能自己更加努力了。

傍晚時分，我揉著發痠的脖子走出客廳，看到夕陽斜映的庭院中，草木蔥蘢、落英繽紛，吳居藍白衣黑褲，坐在屋簷下的青石臺階上，手裡捧著一把烏色的古琴，神情悵惘地看著遙遠的天際。漫天晚霞，緋豔如胭，他周身也似乎氤氳著若有若無的煙霞，恍若古裝電影中遺世獨立的絕代佳公子。

我的心撲通撲通狂跳，腦子裡想著，以後再不嘲笑那些明星的腦殘花痴粉了。在絕對的美麗面前，會絕對沒有理智。

吳居藍察覺了我的注視，神情一肅，恢復了淡漠的樣子，看向我。

我忙跑到他身旁，掩飾地去看琴，「做好了？」

「嗯，不過，做得不好。」

烏色的琴身、白色的琴弦，古樸靜謐、秀美端莊，我一眼就喜歡上了，覺得哪裡都好，暗暗決定就算有人來買，我也絕不會賣！

我摸了摸琴身，驚嘆地說：「吳居藍，你竟然會做古琴！以後就算你說你會鑽木取火、結網而漁，我也不會驚訝了。」

「我是會。」

我半張著嘴，呆看著吳居藍。

吳居藍以為我不相信他的話，把琴塞到我懷裡，施施然地走到他做琴時剩下的碎木頭堆裡，真的開始鑽木取火。拇指粗細的木頭在他手裡幾轉，青色的煙冒了出來。吳居藍抓了點碎木屑放上去，不一會兒，就看到了小小的火苗。

我喃喃說：「我看電視上鑽木取火都很慢的。」

吳居藍說：「他們的力量和速度不夠。」

我看看懷裡的琴，再看看燃燒著的火焰，覺得自己腦袋好暈，很想問一句「吳居藍，你還會做什麼」，但心臟負荷刺激的程度實在有限——今天就到此為止吧！

吳居藍說：「妳還有多少錢？先給我行嗎？我明天賺到了錢後還妳。」

我很清楚吳居藍做的這把古琴只怕明天賣不掉，但是……我把身上剩下的一百多塊錢全給了吳居藍，笑咪咪地說：「好。」

我躲在臥室裡，悄悄打電話給江易盛。

江爸爸的病情已經穩定，江易盛不用晚上在醫院照顧，輕鬆了許多。我問清楚江易盛明天有時間後，請江易盛找個看上去博學多才的朋友，把吳居藍做的古琴買走。價格不用太貴，當然也不能太便宜，一千多吧！

我讓江易盛先幫我把錢墊上，等我賣了海螺飾品後，再補給他。

江易盛被震住了，「妳確定吳居藍做的是古琴，那種古裝電視劇裡的做作神器？妳不會把彈棉花的工具看成了樂器吧？」

「白痴才會分不清吧?!」我完全忘記了自己分不清古箏和古琴的事實。

江易盛激動地大呼小叫，恨不得立即跑過來膜拜吳居藍。

我讓他明天再來，切記多找幾個朋友來捧場，要高端大氣有文化的！否則演戲也不像啊！畢竟那是古琴！

清晨，起床後。

我本來想裝作突然接了江易盛的一個電話，告訴吳居藍有人對他做的古琴很有興趣，想要下午來看看。沒有想到，吳居藍一大早就離開了，留了一張紙條給我，說是要辦點事情，晚一點回來。

我盯著字條看了半天，不是內容有什麼特別，而是他的字，一橫一豎、金戈鐵馬，比字帖上的字還要好看。不過，他連古琴都會做，字寫得格外好看點，也實在沒什麼可驚奇的了。

我看古琴還在書房裡放著，知道他不是去擺攤賣琴就放心了。

我一邊做飾品，一邊等吳居藍。一直等到下午，吳居藍都沒有回來，反倒江易盛帶著幾個朋友來「買」古琴了。

我把古琴放到客廳的茶几上，江易盛的幾個朋友圍著古琴一邊看，一邊議論。還別說，個個看上去都有點奇怪，或者說不同凡俗，很像會玩古琴的人。

戴著黑色復古圓框眼鏡、穿著黑色布鞋，打扮得很仙風道骨的戴先生問：「這把琴，沈小姐賣多少錢？」

我說：「一千多。我看淘寶上的古琴價格從四、五百到兩、三千，我取了個中間值，再多了，就太假了。」

戴先生說：「我是問真買的價格，我想買下來。」

吳居藍做的東西竟然真的有人欣賞?!

我比自己的東西賣掉了都開心，卻毫不猶豫地說：「不賣，我要自己留著。」

一群人正在說話，虛掩的院門被推開，吳居藍回來了。

他掃了眼客廳裡的人，只對江易盛點頭打了個招呼，就扛著一條長一百多公分的魚，徑直走到廚房牆角的水龍頭旁，把魚放下。

海島上的人見慣各式各樣的大魚，也沒在意，笑著問我：「琴就是這位吳先生做的嗎？」

「是啊！」

我讓江易盛招呼大家，自己拿了條毛巾跑出去。

等吳居藍洗完手，我把毛巾遞給他，「江易盛聽說你做了把古琴，就找了些喜歡音樂的朋友來，有人想買你做的琴。」因為戴先生真想買，我說起話來格外有底氣。

江易盛領著他的朋友們走過來，笑著說：「大家都很喜歡這把古琴，就等著你開價了。」

吳居藍掃了一眼圍站在他身邊的人，對我說：「我做的琴不是用來賣的。」

「啊？」我傻眼了，「不……不賣的話，你做來幹什麼？」

「我彈。」吳居藍把毛巾還給我，去廚房了。

我和江易盛面面相覷、無語呆滯。

☆ ☆ ☆

既然不需要演戲了，自然要把江易盛請來的「臨時演員」都送走。

我不停地道歉：「不好意思、不好意思……」

江易盛瞪了我好幾眼，陪著他的朋友往外走。

幾個人陸陸續續地走出院門，最後一個人，一腳已經跨出門檻，視線無意中從廚房牆角的青石地上掃過，看清楚了地上放的魚。他立即收回腳，幾步衝過去，蹲下細看，然後大叫一聲：「藍鰭金槍魚！」

已經走到院牆外的人剎那間紛紛回來了，全都圍著魚，激動地邊看邊說。

「真是藍鰭金槍魚！」

「我聽說在日本，現在藍鰭金槍每磅能賣到三千五百英鎊。」

「差不多！二〇一三年，一條兩百多公斤的藍鰭金槍賣了一・五億日圓的天價，人民幣大概是一千一百萬元。」

「那是拍賣場的價格，被炒得過高了，市場上不至於那麼貴。不過，也絕對不便宜。前幾年，西湖國賓館進口了一條七十公斤左右的藍鰭，說是不算運費，光進口價就要四萬多人民幣，現在至少要翻一番吧！」

「嘖嘖！好多年沒看到有人釣到藍鰭了。」

我雖然不像這些饕餮老客，一眼就能辨認出魚的品種和品質，但身為海邊長大的孩子，藍鰭金槍魚的大名也是知道的，只不過，從來沒有吃過。

爺爺說他年輕時，藍鰭並不像後來這樣珍稀，船員們時不時就會釣到，他吃過很多次。藍鰭生吃最美味，入口即化，像吃冰淇淋的感覺，我一直無法想像。

江易盛反應最快，隔著廚房窗戶，對吳居藍說：「吳大哥，你如果想賣，要趕緊想辦法冰凍起來。這東西就是講個新鮮，口感一變，就不值錢了。」

吳居藍一邊磨刀，一邊頭也不抬地說：「沒事，晚上就吃。」

我差點腳下一軟，趴到地上去。

其他人也被震住了，全都驚訝、崇拜、激動、渴望地盯著吳居藍。

江易盛滿眼問號地看我，我內心血流成河——那是錢、錢、錢啊！卻咬咬牙說：「他想吃就吃唄！」

江易盛無語地搖搖頭，一轉頭，就笑得和朵花一樣，對吳居藍溫溫柔柔地說：「吳大哥，我今天晚上在這裡吃飯。」

「好，不過要你幫一下忙。」吳居藍依舊頭都沒抬，專心地檢查刀是否磨鋒利了。

「沒問題！」江易盛愉快地答應了。

江易盛被吳居藍打發出去工作了，江易盛請來的五個朋友卻沒有隨他離開。

這五個人都算是文化人，做事比較含蓄，不好意思直白地表示想留下吃飯，卻就是不說走。我理解他們的想法，反正這魚看著有四、五十公斤，我們三個肯定吃不完！

他們站在院子裡，一邊看著吳居藍收拾魚，一邊聊起天了。從吃魚聊到捕魚，從海島漁業聊到環境保護，似乎有說不完的話。

我小聲問吳居藍：「他們……怎麼辦？」

吳居藍掃了他們一眼，揚聲問：「你們想吃魚嗎？」

「想！」異口同聲，鏗鏘有力。

吳居藍微微一笑，說：「歡迎你們來海螺小棧享用晚餐，一個人六百塊人民幣，除了魚，還有蔬菜、水果、飲料。」

五個人想都沒想，紛紛應好，立即自動排隊來交錢給我，一副「唯恐晚了就沒有了」的樣子。

戴先生看我表情赧然，笑說：「現在大城市裡隨便一個好一點的餐館，吃頓飯花幾百塊錢很正常，但它們能有這麼新鮮的藍鰭嗎？」

我暈暈呼呼地開始收錢，還沒收完這幾個人的錢，又有人陸陸續續地走進院子，看到有人在排隊交錢，馬上自覺主動地排到了後面。

聽到他們的解釋，我才明白，原來吳居藍大清早租了漁船出海去釣魚，回來時自然要在碼頭下船。那裡魚龍混雜，他扛著魚一下船，就有人認出了藍鰭金槍，消息迅速傳開。

在他回來的路上，無數人來搭話，吳居藍清楚地表明「這是海螺小棧今晚的自助晚餐」。不到半個小時，他就接受了四十個人的預定，宣布晚餐名額滿額。可以說，如果院子裡的這五個人不是江易盛的朋友，肯定想都不要想。

等所有人交完錢，我總共收了兩萬六千四百塊。本來是兩萬七千塊，吳居藍抽走了六百塊錢，還給了江易盛，是他買蔬菜、水果、飲料的錢。

晚上六點半，自助晚餐正式開始。

院子裡，幾張桌子擺放整齊，蓋上潔白的塑膠桌布，倒也像模像樣。桌子上錯落有致地放著白灼青菜、涼拌海帶、蔬菜沙拉和各種切好的水果。但此時，大家完全沒有心情關注這些，而是一心等著吃藍鰭。可以說，他們的六百塊錢全是為藍鰭金槍花的，別的不管吃什麼，他們都不在意。

吳居藍做好蔬菜、切好水果後，趁著我和江易盛擺放食物時，沖了個澡，換了套乾淨的衣褲。

廚房牆外的水龍頭前放了一張不鏽鋼長桌，長桌上放著已經收拾乾淨的藍鰭金槍魚。吳居藍就站在不鏽鋼長桌後，算是一個開放式的小廚房。

為了洗刷東西方便，爺爺在廚房的屋簷下裝了一盞燈。此時，燈光明亮，映照得吳居藍的白色T恤像雪一樣白，讓他整個人看上去異常乾淨清冷。

吳居藍面色如水，低著頭，把磨好的刀放在了長桌兩側。

所有人都凝神看著他，好奇他打算怎麼做才能讓大家覺得他沒有辜負這世間最美味的食材。

吳居藍抬起了頭，介紹說：「今晚我要做魚膾。」

什麼？魚什麼？

少數幾個聽懂的人立即跟沒有聽懂的人解釋：「魚膾，就是日式刺身！生魚片！」

吳居藍拿起了一把薄薄的長刀，「我做魚膾的刀法沿用的是唐朝魚膾的刀法。當年被叫做『斫膾[10]』。日本學習了唐朝魚膾，發展出自己的刺身。可以說，刺身是魚膾的一種，但魚膾絕對不是刺身。」

吳居藍右手握刀，刀尖朝地，對大家抱拳作揖，「按禮，本該有樂相伴，但分身乏術，只能用詩歌勉強湊合了。」

他身姿挺拔、風儀優雅，讓眾人覺得好像看到了一個古代的貴族公子對自己翩翩行禮。被他氣度所懾，大家不自覺地端正了身姿，垂頭回禮。

所有人的頭將抬未抬時，朗朗吟誦聲中，只覺一道寒光劃過，一片魚肉已經飛到桌前碟子裡。

吳居藍一邊切魚片，一邊吟誦著古詩：「……饔人受魚鮫人手，洗魚磨刀魚眼紅。無聲細下飛碎雪，有骨已剁觜春蔥。偏勸腹腴愧年少，軟炊香飯緣老翁。落碪何曾白紙溼，放箸未覺金盤空……」11

抑揚頓挫的聲音中，他俯仰隨意，猶如舞蹈，手起刀落，運轉如風，一片片魚片像一片片飛雪，落入白瓷盤。不一會兒，白盤子裡已經堆了一疊魚片，底寬上窄，猶如一座亭亭玉立的寶塔。

吳居藍手裡的刀鋒微微一變，落下的魚片已經飛落在了另一個白瓷碟裡。江易盛總算還沒忘記吳居藍之前的吩咐，急忙把裝滿魚片的盤子端走，又補放了一個白盤。

吳居藍確定了江易盛能應付後，加快了速度，一片片魚片像風吹柳絮，連綿不斷。

眾人正看得目眩神迷，他左手又抽了一把刀，所有人都猜不透他想幹什麼。我心裡一動，卻不敢相信，睜大眼睛，屏著呼吸，緊張地盯著他。

「啊——」

眾人的失聲驚叫中，吳居藍左右手同時開弓，切割著魚片。

一刀揚起、一刀落下，左右手交替互舞，猶如一幕最華麗的舞蹈。看上去他毫不費力，動作優雅從容，可每一片魚片都薄如蟬翼，一片未落、一片又來，猶如鵝毛大雪，紛紛揚揚落個不停。

---

10 同斫鱠，將魚肉切成薄片。

11 引自唐．杜甫《閿鄉姜七少府設膾戲贈長歌》。

我想起了讀過的那些唐詩——「刀鳴鱠縷飛」[12]、「鱠盤如雪怕風吹」[13]、「饔子左右揮雙刀，膾飛金盤白雪高」[14]……

曾經，覺得不可思議、不能想像的畫面，現在正展現在眼前。

「……君不見朝來割素鬐，咫尺波濤永相失。」[14]

隨著最後一句詩吟誦完，聲落刀停，長桌上只剩白色的魚骨，餐桌上卻整整齊齊地放著一模一樣的四十八盤魚膾，看上去蔚為壯觀。

吳居藍放下了刀，說：「請享用。」

滿院沉寂。

一會兒後，有人率先鼓掌，霎時間，掌聲如雷。他們過於震撼，甚至找不到合適的詞語讚美，只能用力鼓掌，去表達他們的激動驚嘆。

吳居藍依舊是那副面無表情、波瀾不興的樣子，用一塊白布蓋上了白色的魚骨，對眾人風度翩翩地彎身，行了一個西式禮，惹得掌聲更響。他穿過人群，走到了客廳的屋簷下。

所有人的目光一直追隨著他，才發現那裡放著一個藤編的長几，几上放著一張古琴。

吳居藍跪坐在長几前，輕輕抬手，拂過琴，叮叮咚咚的琴音流瀉而出。

竟然是《夏夜星空海》，我目瞪口呆。

我清楚記得，一個月前他聽到這首曲子時，絕對是第一次。只是聽了幾遍，他就完全會彈了?!

院子裡的其他人雖然覺得有點意思，但川劇的變臉、阿拉伯的肚皮舞都在餐館裡見識過，對吳居藍的古琴演奏並沒有多吃驚，完全比不上剛才看魚膾時的目眩神迷。不過，剛才是「動」，這會兒是「靜」，動靜結合，讓人心神徹底鬆弛下來。味蕾變得敏感，正適合品嘗美食。

眾人迫不及待地紛紛去拿魚膾。魚肉薄如蟬翼、幾乎透明，入口即化，鮮美不可言。他們都露出了滿足的表情，覺得今天晚上絕對是物超所值了。

★ ☆ ★ ☆ ★

等客人離開，打掃完環境，已經十點多。

我沖完澡，盤腿坐在沙發上，盯著兩萬多塊錢發呆。

我不用交房租、不用付房貸，如果省著點花，這些錢足夠一年的生活費了。

幾天前，雖然我答應了吳居藍不跟周不聞借錢，也告訴自己要相信吳居藍，可無論如何，我都沒有想到他竟然這麼快就解決了我們的「經濟危機」。

「篤篤」的敲門聲響起，我急忙整理了一下衣衫和頭髮，才說：「進來。」

吳居藍端著托盤進來，把兩碗酒釀湯圓放到桌子上，「妳晚上一直忙著照顧客人，自己都沒怎

12 引自唐・杜甫《陪王漢州留杜綿州泛房公西湖》。
13 引自唐・項斯《對鱠》。
17 引自唐・杜甫《觀打魚歌》。

麼吃，我做了一點宵夜。」

他不說還好，一說我真覺得好餓，「你不是一樣嗎？一起吃？」

「好。」吳居藍坐到了桌旁。

我穿著拖鞋走到吳居藍對面坐下，愉快地端起了碗，「今天辛苦你了，那些錢……」我指指沙發上的錢，「你打算怎麼辦？存銀行……」我想起他沒有身分證，好像不能開銀行帳戶。

「是妳的，妳看著辦。」吳居藍隨意地說。

我差點被一個小湯圓嗆死，什麼時候打工族不僅要幫老闆工作，還要倒貼錢給老闆了？

我放下碗，咳嗽了幾聲，說：「你把錢全給我？那是你賺的錢，我什麼都沒做。」

吳居藍微微皺起了眉頭，似乎在冥思苦想一個理由。他說：「妳不擅長做生意，給妳了，你就不用跟別人借錢了。」

「呵！我哪裡不擅長做生意了？難道你也覺得我的民宿賺不到錢嗎？」

「今天之前賺不到，今天之後應該能賺到。」

「什麼意思？你說清楚！」

吳居藍無奈地說：「做民宿生意，第一是地點，妳民宿的地點不對。如果地點不好，就要有特色或者名氣。只要足夠有名氣，就會讓人覺得交通不便都是一種格調。妳弄的那些圖片……」

「照片！修圖過的照片！很漂亮的！」

「妳的那些照片和別的民宿沒有分別。」

我有點難受，可不得不承認吳居藍說的很對，「那今天之後會有什麼改變呢？」

「人類喜歡新鮮刺激，還喜歡炫耀自己占的便宜。當然，不是貪婪得來的便宜，而是那些能證明他們眼光、品味、智慧的便宜，他們會很願意津津樂道。今晚的客人，以後不管他們吃了多麼奢華特別的菜餚，都不會忘記他們六百塊錢就買到的這份晚餐。」

我呆看著吳居藍。

其實，我心裡一直認為吳居藍的定價太低。今天晚上來的要麼是消息靈通的饕餮老客，要麼是島上頗有些影響力的人物，都清楚藍鰭金槍的市場價值。就算定到兩千，他們肯定也會吃。更別說後來還有吳居藍的斫膾技藝，沒有人會覺得自己的錢虧了。

本來，我以為是因為吳居藍並不真正清楚藍鰭的市場價，既然他已經開口宣布了價格，我就沒打算再多說。可是沒想到，他很清楚，他是故意定了個低價，故意讓那些客人覺得自己眼光獨到、出手精準，在別人還沒發現一件東西的價值時就搶先下了手，所以只有他們能占到便宜。

但吳居藍真吃虧了嗎？他用六百塊錢買了他們一生的記憶——永遠的念念不忘、津津樂道。

我覺得吳居藍越來越像一個謎，每當我覺得更加瞭解了一點他時，他又會給我更多的驚訝。

迄今為止，我知道的就有：廚藝、醫術、建築、製琴、彈琴，甚至鑽木取火、結網而漁……一個人懂得其中的任何一項，都不奇怪，可吳居藍是樣樣都懂，我甚至懷疑他是樣樣皆精。

他究竟在什麼樣的環境中長大，才會這麼變態逆天？

手機突然響了，我看是江易盛，立即接了，「怎麼這麼晚打我電話？」

「我有些話想和妳談談，關於吳居藍的。」

我聽他語氣很嚴肅，不禁看了一眼吳居藍，坐直了身子，「你說。」

「之前，妳對我說覺得不應該喜歡吳居藍，我沒有反對，也沒有支持，因為我覺得不考慮他的經濟條件和身分來歷，吳居藍人還是很不錯的，對妳也挺好，但現在我真的希望妳放棄。」

我看著不緊不慢地吃著酒釀湯圓的吳居藍，問：「為什麼？」

「那天妳渾身血淋淋，眼睛又看不見了，就是醫學院的學生只怕都會慌了神。吳居藍卻很鎮定，不但準確判斷出了妳的傷勢，還簡單有效地急救了。並不是說他做的事有多難，而是那份從容自信一定要臨床經驗、直接見過鮮血和死亡才能做到，絕不是上兩、三個月的培訓課程就可以做到的。」

江易盛的話，驗證了我的猜測，我輕輕「嗯」了一聲，表示同意。

「吳居藍今天晚上斫魚膾的技巧，妳也親眼看見了，沒個一、二十年的功夫根本練不出！妳要不信，我可以找個專業的大廚來問。」

「我信！」

「還有，他會彈古琴。彈古琴當然不算稀罕，我也會拉二胡呢！可我會做二胡嗎？他能把一塊隨便撿來的木頭做成一把古琴。我今天晚上聽了他的彈奏，那把古琴做得非常不錯，音色堪稱完美，他彈得也很完美。可以說，不管是做琴，還是彈琴，吳居藍都是大師級別的。小螺，妳問問妳自己，這些正常嗎？」

我不是懵懂無知的傻子，也不是不食人間煙火的仙女，當然知道這一切都不正常。

我看著吳居藍，恍惚地想，還有不少事江易盛都不知道。如果他知道了，肯定更要說不正常。吳居藍吃完了碗裡的最後一個湯圓，他放下碗，抬起頭，平靜地看著我。我的直覺告訴我，他很清楚，江易盛在說什麼。

「小螺、小螺……」江易盛叫。

我回過神來，說：「我明白你想說什麼，你想到的這些，我也早思考過了。他用比醫學院學生還好的從容反應，幫了我。他用非凡的斫膾技藝，賺了錢，讓我不必焦慮，該向誰借錢，又該什麼時候還錢。江易盛，告訴你個祕密。小時候，就因為你會拉二胡，每次都是你在臺上像隻開屏的孔雀一樣招搖得意，我只能傻坐在臺下幫你鼓掌。其實，我一直很不爽的。我自己這輩子是滅不掉你了，但我可以找個男朋友啊，如果他不但會彈古琴，還會做古琴……」我想到得意處，笑了起來，「不是完勝你嗎？以後但凡他在的場合，我看你還敢把你的破二胡拿出來炫耀？」

江易盛沉默了良久，忽然輕聲笑了起來，「沈螺，妳其實才是個精神病潛伏患者吧！但妳知道我愛妳嗎？」

「嗯……那種總是喜歡讓我出醜的深深愛意！」江易盛年少時，仗著智商高，琴棋書畫樣樣皆會，沒少把我當墊腳石，招搖自己。有一次把我的生日會，硬生生地變成了他的個人才藝表演會。

江易盛嘆了口氣，「妳真的想清楚了？」

我說：「能找一個無所不能、完勝所有人的男朋友，是所有女孩的夢想，我也沒辦法免俗。」

「吳居藍是不是就在妳旁邊？我怎麼聽著，妳很像是怕某人再次離家出走，狗腿諂媚地不停表示著忠心？」

「江易盛，你不用時刻提醒我們你智商高。」我說。

江易盛笑：「我掛了！讓吳居藍別生我的氣，人類的心天生就是長偏的，我也把他當朋友，但在妳和他之間，我永遠都只會選擇妳。」

我放下手機，問吳居藍：「你猜到江易盛說了什麼嗎？」

吳居藍淡淡地說：「就算不知道他說了什麼，妳的話我都聽到了。」

我的臉漸漸燒得通紅，剛才對江易盛吹牛時，只是希望爭取到江易盛的理解和支持，可這會兒才覺得自己真是膽子夠大、臉皮夠厚！

「我知道你還不是我男朋友，我剛才只是……只是……」

吳居藍似乎很好奇一個人怎能剎那間臉變得那麼紅，他用手輕碰了我的臉頰，「很燙！」

我只覺得所有血液往頭頂沖，不但臉火辣辣地燙著，連耳朵都火辣辣地燙起來，凸顯得吳居藍的手越發冰涼。我忍不住握住了吳居藍的手，想把自己的溫暖分一些給他。

吳居藍凝視著我，深邃幽黑的眼睛裡滿是猶豫和掙扎。

我害怕他下一刻就會把我的手甩開，下意識地用了全部力氣去抓緊他的手。

吳居藍問：「沈螺，妳真的知道妳在做什麼嗎？」

我說：「我知道！」

吳居藍說：「妳根本不知道我的來歷。」

我紅著臉，鼓足勇氣說：「可我知道你的感情。你不要告訴我，你為我做的一切，只是因為你很善良，喜歡幫助人！」

吳居藍垂下了眼眸，沉默不語。

我的心慢慢下墜。雖然我從沒有談過戀愛，可是那些關心和照顧，我都感受到了。我想當然地以為那是愛，但萬一……是我誤會了呢？

我太緊張、太患得患失，以至於念頭一轉間，就從天堂到了地獄。也許真的只是我一人動了情，丟了心！

我的臉色漸漸變得蒼白，手心直冒冷意，變得幾乎和吳居藍一個溫度了。

吳居藍凝視著我，輕聲說：「下個月圓之夜後，如果妳還沒有改變心意，我……」他的聲音很艱澀，說到一半，就再沒有了下文。

我卻一下子就從地獄飛到了天堂，手心不再冒冷意，臉色也恢復了正常。

吳居藍看著自己的手——被我一直緊緊地握在手裡，他問：「妳打算握到什麼時候？」

「哦……我……」我立即手忙腳亂地放開了他的手，臉頰又變得滾燙。

吳居藍突然展顏一笑，捏了捏我的臉頰。在我震驚呆滯的眼神中，他說：「禮尚往來。」

他像什麼事都沒有發生一樣，站了起來，把兩個空碗放到托盤裡，端著托盤離開了，「晚安。」

我發了半晌呆，才想起我在剛認識他時，曾經捏過他的臉頰，他竟然「記仇」到現在。

我捂著臉頰，忍不住地傻笑！好吧！這種仇歡迎多多記憶，也歡迎多多報復！真後悔當時沒有再幹點別的事！

Chapter 8

月圓之夜的約定

他時時刻刻擺出一副「我什麼都沒做，你千萬別感動」的樣子。
但是，我深深地知道：最柔軟的牡蠣都包裹著最堅硬的殼，最美麗的珍珠都藏在最深處。

我預料到了民宿會在海島上小有名氣，卻沒有預料到不僅僅是小有名氣，也不僅僅是在海島。

那天晚上，一位來吃晚餐的客人竟然用手機拍攝了兩段影片：一段是吳居藍雙手執刀斫膾；一段是吳居藍跪坐於老宅斑駁的石牆前、彈奏古琴。他把影片上傳到了微博[15]，起名「一頓不可思議的晚餐」，影片以不可思議的速度被轉發，吸引了形形色色的各類網友來圍觀。

有只關心外貌的顏控女，有喜歡古風音樂的樂友，有仔細研究切魚刀法的考據派，還有喜好美食的美食家……無數人留言議論著影片裡的「饔子」——網友們不知道吳居藍的名字，就根據他吟誦的詩，稱呼他為饔（音同庸）子，古代對廚師的雅稱。

「真是醉了！畫面太美，我只能反覆播放。」

「到底是會做飯的音樂家？還是會彈古琴的廚師？有才藝就罷了，還長那麼帥，長那麼帥就罷了，還那麼有氣勢，媽的，還讓不讓別的男人活了？」

「這才是傳統的中國好男人！有史為證，天寶六載，李白帶幼子路過中都，一位素不相識的小吏慕名前來拜訪。李白深為感動，親自操刀斫膾，並在離別時，贈詩一首。李白的詩就不用多說了，自己去搜尋，請注意重點『李白親自操刀斫膾』，李白！李白！李白！寫得了千古流傳的詩，揮得動舌尖上的廚刀！這才是中國好男人！」

「早在魏晉南北朝時，斫膾就已經不只為吃，也供人觀賞，『饔人縷切，鸞刀若飛，應刃落俎，靃靃霏霏[16]』。到盛唐時，文人士子更是把斫膾視為風流雅事，王維、李白、杜甫、王昌齡、白居易⋯⋯都在詩裡描寫過魚膾。像李白這種身懷武藝、劍術高超的人還時不時親自斫膾，『呼兒拂幾霜刃揮，紅肌花落白雪霏[17]』。」

「瘋了！博主回覆說他聽說那把古琴是饔子自己做的！自！己！做！的！」

「明末李曄在《六研齋筆記．紫桃軒雜綴》裡寫道，他讀過一本可能是唐人編撰的《斫膾書》，書中列舉的斫膾刀法有『小晃白、大晃白、舞梨花、柳葉縷、對翻蛺蝶、千丈線⋯⋯』可惜那個時候，斫膾技藝已經失傳，李曄沒有辦法驗證這些記載的虛實。影片裡的饔子很有可能用的就是已經失傳的斫膾刀法。」

---

15 微博（Weibo/Sina Weibo）是中國自創的社群網站，類似推特和FB的混合體。

16 引自西晉．潘岳《西征賦》。

17 引自唐．李白《酬中都小吏攜斗酒雙魚於逆旅見贈》。

幸好江易盛及時聯繫了上傳影片的客人，他在網友的瘋狂詢問下，只回答了「晚餐的地點是海螺小棧，影片中的男子應該是民宿的經營者」，別的私人資訊一句都沒說。

網友們根據「海螺小棧」四處搜索，不少人搜到了我為民宿開的微博。他們像偵探一樣，對比了我之前上傳的民宿照片，立即根據背景，斷定了我的海螺小棧就是影片中的海螺小棧。

網友們紛紛留言，有打聽海島風景的，有建議多貼些吳居藍照片的，還有純圍觀八卦的，甚至有人詢問吳居藍他爸媽怎麼養出吳居藍，求傳授經驗……

我的微博粉絲從一百多人暴漲到一百多萬，從幾天沒有一則留言到每天上千則留言。我被網友的熱情嚇到了，甚至很擔憂，生怕這意外的「走紅」替吳居藍帶來麻煩。

雖然因為沒有考慮到網路，吳居藍很意外事情的發展遠遠超出他的預料，但他並不像我想的那麼介意。有時候，他甚至會和我一起津津有味地看那些議論他的留言。

江易盛笑著安慰我：「至少證明他不是通緝犯，否則他不可能那麼鎮定地看著自己的影片在網路上瘋傳。」

我搥了江易盛一拳，完全不能笑納江易盛的安慰。

江易盛瀏覽網友的留言，指著其中一則讓我看：「這人一定是火星上來的吧！一定是！」

江易盛大笑，「我發現網上的精神病不少，看他們的留言真是太療癒了，讓我覺得自己實在是太正常了！」

我看看影片裡的吳居藍，再看看身邊的江易盛，也覺得自己實在是太正常了！

自從海螺小棧在網路上走紅，每天都有很多人打電話來諮詢客房住宿，但我一個都沒有接受。我小心眼地覺得現在來的客人都是醉翁之意不在酒，我自己仍在艱難的追求道路上跋涉呢，豈能容許他人來添亂？

何況，我現在已經順利度過經濟危機，並且發現了一條更喜歡的謀生方法，乾脆就放棄了原本開民宿的計畫。

出於各種原因，那天晚上吃過魚膾的客人依舊時不時來海螺小棧吃飯。

只不過，因為大廚加工友只有吳居藍和我兩個人，菜單並不豐盛，完全取決於當天吳居藍在菜市場買到了什麼。準確地說，就是他買到什麼，就做什麼。當然，客人也可以提前打電話來說明想吃什麼，只要吳居藍能買到，他也可以做。

剛開始，我還擔心這樣做會影響生意，沒想到客人們不但沒有覺得吳居藍這樣做不對，反而更加喜歡來海螺小棧吃飯。後來，我才知道，大城市裡很多口碑非常好的私房菜都是這樣經營的。因為只有當天採購的食材，才能確保菜餚足夠新鮮、足夠美味。

吳居藍的廚藝無可挑剔，餐廳的環境也可以說很完美。老宅裡的一樹一藤都有些年紀了，被時光沉澱出了很特別的味道，是任何裝修都不可能有的意境，來過的客人都會漸漸喜歡上海螺小棧。朋友帶朋友，在口口相傳的口碑中，海螺小棧很快就成了海島上最受歡迎的私房菜館。

更有意外之喜的是，客人們看到我做的海螺工藝品，很喜歡，詢問我賣不賣。我當然是有錢好商量，價格比我擺攤賣時高不少，無意中竟然也成了我的一條財路。

我不想吳居藍太辛苦，每天只接待十個客人，大概能賺兩、三百塊錢，時不時我還能賣出幾件海螺飾品，有時幾十、有時幾百。我算了下帳，除去日常開支和吳居藍的薪水後，我每月能存三、四千，已經足夠，不用再去做民宿的生意了。

我坐在院子裡的水龍頭前，正在洗菜，手機突然響了。

我擦乾手，拿過手機一看，是周不聞的電話。

「大頭？」

「是我！聽江易盛說妳現在不做民宿生意，開始做私房菜生意了？」

「是的！私房菜的生意很不錯，我覺得賺的錢已經足夠，不想太累，就不做民宿生意了。」

「那還歡迎我來住嗎？」

「當然，隨時，你什麼時候來？」

「等我把手頭的工作處理了，就過去。」

「好，等你來。」

「妳自己做生意，沒有週末，該休息的時候一定要休息，不要太累了！有時間的時候出去走走，看個電影、打個球什麼的，對自己好一點。」

「嗯，好的！」

我掛了電話，想了想，發現自從吳居藍淪落到我家，我就總是壓榨著他為我賺錢，都沒有給他放過假，也沒有帶他出去玩過。我立即決定，知錯就改，盡快給吳居藍和自己放一天假。

我打電話給江易盛，告訴他，好長時間沒有休息過了，我想帶吳居藍出海去玩，問江易盛要不要一起去。江易盛毫不遲疑地說一起去，還承諾他會安排好一切，讓我準備好吃的就行。

週六下午，四點半，太陽已經西斜，不再那麼灼熱曬人時，江易盛開著租來的小船，帶我和吳居藍出海去看日落、吃晚餐。

行駛了一個多小時後，開到了預定的地點。江易盛把船停住，拿出了替吳居藍準備的浮潛用具，問：「玩過這個嗎？」

「沒有。」吳居藍感興趣地翻看著腳蹼、浮潛鏡和換氣管。

「你水性如何？」江易盛問。

吳居藍愣了一愣，慢吞吞地說：「很好。」

「深兩尺多的游泳池裡能潛到池底嗎？」

「能。」

「那沒問題了。」江易盛坐到吳居藍對面，拿起自己的浮潛鏡和換氣管，演示如何穿戴浮潛的裝備，「浮潛很簡單，水性好的人，一學就會。」

吳居藍看我坐著沒動，「妳不下去玩嗎？」

我搖搖頭，「我不會游泳。」

江易盛嗤笑，「她小時候掉到海裡一次，差點被淹死。自那之後，她就被嚇破了膽，怎麼學都學不會游泳。我和大頭費了很大的勁，也就是能讓她穿上救生衣，在水裡漂一會兒。如果沒有救生衣，想讓她下水，她會覺得你謀殺她，拚死反抗！」

我有點尷尬，辯解說：「不會游泳的人多了，又不是只有我一個！」

「不會游泳的人是很多，但他們不是漁民的後代，也沒有一個很厲害的高祖爺爺。」江易盛對吳居藍說：「直到現在，上了年紀的老漁民說起哪個人的水性好，還會講起她高祖爺爺的傳說。那個年代，什麼工具都沒有，據說能下潛二千多尺，可看看這個不肖子孫，連游泳都學不會！」

我瞪了江易盛一眼，叮囑他說：「別光顧著捉龍蝦，看著點吳居藍，他第一次浮潛。」又對吳居藍叮囑：「你跟緊江易盛，千萬不要為了追龍蝦潛得太深，安全第一。」

江易盛檢查了一下吳居藍的穿戴，確定沒有問題後，他率先翻下了船，吳居藍緊跟著他也翻下了船。

兩人就在船周圍游著，江易盛教吳居藍如何浮潛，我看了一會兒，發現吳居藍水性非常好，很快就學會了，放下心來。

江易盛又翻上了船，把一雙黑色手套和一個可以掛在身上的綠色網兜遞給吳居藍。江易盛戴著手套、拿著網兜示範，「抓龍蝦時，從牠的背後過去，這樣牠就夾不到你。抓到後，先浮上水面，然後把龍蝦放進網兜，掛回腰上，這樣就可以繼續去抓第二隻。」

吳居藍表示明白後，江易盛說：「晚上有沒有龍蝦吃，就看咱倆的功力了。」說完，他帶著吳居藍跳下船，往遠處游去。

我拿出照相機，一邊照相，一邊看著吳居藍隨著江易盛在海裡上上下下。

為了防止被曬傷或被水母螫傷，浮潛衣把全身上下包得嚴嚴實實，只露出脖子和一截小腿。江易盛經常在海上玩，皮膚是健康的古銅色，吳居藍卻是白皙的，幸虧他身形修長、動作矯健，才沒有絲毫文弱感。

吳居藍的運氣非常好，很快就捉到了三隻龍蝦，江易盛卻一無所獲，他調侃地對吳居藍說：「你還真是盲拳打死老師傅！」

吳居藍微微一笑，什麼都沒說。他翻上船，把揮舞著大鉗子的龍蝦丟到了鐵皮桶裡，還從綠色網兜裡倒了不少牡蠣出來。

我拿起準備好的浴巾，遞給他，「擦一下，小心著涼。」

吳居藍接過浴巾，擦著頭髮和身子。

我對還泡在海裡的江易盛說：「三隻龍蝦已經夠吃了，你還要繼續捉嗎？」

江易盛說：「當然！吃別人捉的有什麼意思？等我捉到更大的，把吳大哥捉的放掉就好了！」

他說完，朝我們揮揮手，向著遠處游去。

吳居藍坐到我身旁，靠著船艙，愜意地舒展著長腿。

他一聲不吭地把一個不大不小的牡蠣遞給我。

我拿在手裡，遲疑了一下說：「雖然都說新鮮的牡蠣生吃味道很鮮美，但我一直吃不太慣。」

吳居藍一聲不吭地把牡蠣又從我手裡拿了回去。

他乾脆俐落地掰開牡蠣殼，把牡蠣肉吃到了嘴裡。然後，他抓過我的手，從嘴裡吐出了一顆黑色的珍珠，輕輕掉落在我的掌心。

我看傻眼了，呆呆地問：「給我的？」

吳居藍扭過頭，面無表情地眺望著海天盡頭，「我記得妳們女孩子很喜歡這種無聊的東西。」

我凝視著掌心的小東西——一顆不大的黑色珍珠，形狀如水滴。在這個人工珍珠已經氾濫的時代，並不值錢，但是，它是吳居藍親手從海裡採來的，送給我的。

想到他剛才一氣呵成的動作，我問：「你是不是早知道這個牡蠣裡面有珍珠？」

吳居藍淡淡瞥了我一眼，「要不然妳覺得我為什麼要單挑出這個牡蠣？」

我十分懊惱，如果剛才我願意生吃牡蠣，就可以驚訝地親口吃到珍珠，然後驚喜地吐出來。不過，想到剛才吳居藍親口吐出珍珠的性感樣子，我又覺得這樣更好。

我把珍珠緊緊地握在了掌心裡，「謝謝！」

吳居藍淡淡說：「隨手撿來的東西而已！」

我有點無奈，別的男人都是一副「我為妳付出了很多，快來感激我」的樣子，他倒好，時時刻刻擺出一副「我什麼都沒做，妳千萬別感動」的樣子。

但是，他忘記了我是在海邊長大的女孩，深深地知道：最柔軟的牡蠣都包裹著最堅硬的殼，最美麗的珍珠都藏在最深處。

我正拿著黑珍珠把玩，吳居藍突然問：「妳小時候掉下海是怎麼回事？」

沒有什麼可隱瞞的，我爽快地說：「我七歲那年的事。爸媽在鬧離婚，爺爺想挽回他們的感情，叫他們回海島住幾天。我媽和繼母不一樣，她很尊敬我爺爺，只是不尊敬我爸而已。我們一家三口回了海島，爺爺特意開著船，帶爸爸、媽媽和我出海去玩。我記得那天天氣特別好，天空藍藍的，沒有一絲風，海面平如鏡。爺爺躲在船艙裡休息，我在海裡撲騰，爸媽坐在船舷旁看著我，那時候我會游泳的。」

我苦笑，「結果他們說著說著，又吵了起來。我腿抽筋了，突然嗆了水，可他們吵得太厲害，誰都沒有注意到我，我就溺水了。後來的事情，我什麼都不知道，只知道自己差點淹死，是爺爺救了我。爸媽在我醒來的當天，決定了離婚，謝天謝地，我終於不用再聽他們吵架了。」

吳居藍沉默地看著我。

我聳聳肩，笑著說：「要說完全不難受那肯定是假的，但要說我一直到現在還難受，那可太矯情了！這麼多年過去了，媽媽有了新的家庭、新的孩子，爸爸有了新的家庭、新的孩子，我也有了自己的生活，一切過去的事都只是過去！」

江易盛的大叫聲突然傳來，「我捉到了一隻好大的龍蝦！」

我和吳居藍都循聲望去，江易盛一手划著水，一手高舉著一隻很大的龍蝦。

我朝他揮手，示意我們已經都看到了。

吳居藍沒頭沒腦地說：「待會兒我烤牡蠣給妳吃。」

我握著掌心裡的黑珍珠，微笑著點了點頭。

☆ ☆ ☆

就著落日的浮光流暉，我們吃了一頓很豐盛的海鮮大餐。

酒足飯飽，回到家時，已經快九點，天色全黑。

帶去的一瓶紅酒，江易盛顧忌著要開船，淺嘗輒止，吳居藍也只是喝了幾口，大半全被我喝了。醉意上來，老街的道路又凹凸不平，我走得搖搖晃晃，看上去很是危險，吳居藍不得不攙著我的胳膊。

江易盛家先到，他笑咪咪地和我們揮手道別後，關上了院門。

吳居藍扶著我繼續往前走。

兩人還沒走到院門口，吳居藍突然停住了腳步。我不解地問：「沒帶鑰匙嗎？我皮包裡有。」

吳居藍把我推到院牆轉角處，壓著聲音說：「躲在這裡不要動。」說完，他跑了幾步，在牆上微微凸起的石頭上借了下力，就直接從牆頭翻進了院子。

我殘存的酒意立即全驚醒了，瞪大眼睛看著自己家的院牆，像是從來沒有見過一樣。兩尺半高的院牆是這麼容易能翻過去的嗎？

一個人突然拉開院門，衝出了院子，黑暗中只看到什麼東西飛了出來，砸到屋簷下懸掛的「海螺小棧」的匾額上。匾額墜落，正正砸到那人頭上，他晃了一晃，軟軟地摔到地上，昏迷了過去。

我看得目瞪口呆，突然想到吳居藍一個人在裡面……我立即衝了過去，踩到碎裂的匾額，被絆得跌跌撞撞，一頭跌進了院子。

「小螺？」吳居藍擔心的聲音。

「我沒事！」

我急急忙忙從地上爬起來，抬頭一看，院子內，一個身形魁梧的男人正在和吳居藍搏鬥。吳居藍赤手空拳，那人手裡卻拿著一把寒光閃閃的匕首，惡狠狠地刺來揮去，幾乎每次都擦著吳居藍的身體滑過，看得我心驚肉跳。

吳居藍卻一點都不緊張，還有空閒回頭盯著我，不悅地質問：「為什麼不在外面等？」

我哆嗦著說：「小心！我、我來……報警！」

我顫顫巍巍地掏出手機，突然眼睛瞪大，被嚇得一動不敢動。

大概因為聽到我說要報警，拿著匕首的男子幾次想要奪門而逃，都被吳居藍攔下，他一下子發了瘋，不管不顧地開始砍刺吳居藍。

森寒的刀光中，吳居藍猶如探囊取物，直接伸手，輕輕巧巧地把匕首奪了過來，另一隻手卡住了對方的脖子，像一個鐵箍一樣，牢牢地把人固定在牆上。對方還企圖反抗，吳居藍手往上一提，他雙腿懸空，全身的重量都吊在了脖子上，氣都喘不過來，很快就全身力氣盡失。

吳居藍看他老實了，手往下放了一點，讓他雙腳能著地，「你們是什麼人？想要什麼？」

那個人聲音嘶啞地說：「我們是小偷，今天晚上溜達到這裡，看屋裡沒人就進來試試運氣，沒想到運氣這麼背……」

「是嗎？」吳居藍冷哼，拿起匕首，作勢欲刺。

「不要！」我尖叫著喊。

吳居藍停下了手中的動作，他盯著男子，湊近他，對他喃喃說了幾句話後，一鬆手，男子跌到地上，昏迷了過去。

吳居藍轉過身，看著我。

我表情驚懼、目光呆滯地看著他。

吳居藍眼神一黯，隨手把匕首丟到地上，轉身向屋裡走去。

「叮咚」一聲匕首落地的聲音，讓我從極度的緊張和驚嚇中回過神來，一個箭步就衝到了吳居藍身邊，拉著他的胳膊，去查看他的身體，「你有沒有受傷？這屋子裡又沒什麼值錢的東西，就算有值錢的東西，也沒有命值錢！你幹嘛要和他們打？你瘋了嗎？還空手入白刃，你以為你是誰啊……」

吳居藍似乎完全沒想到我的反應，像個木偶一樣任由我擺弄，我從頭到腳檢查了一遍，確定吳居藍毫髮未傷，才長吐了口氣說：「嚇死我了！幸好你沒受傷！」

吳居藍盯著我，幾乎一字一頓地問：「妳剛才的害怕……是怕我受傷？」

「廢話！難道我還怕小偷受傷嗎？」我說著話，看看四周，確認沒有人能看到，狠狠地踢了一腳昏迷在地上的小偷，然後對吳居藍說：「不能用匕首刺他們，法律不允許，會被法律懲罰的，但……我們可以偷偷打。」我一溜小跑，跑到書房裡，拿了本書出來，遞給吳居藍，「墊在他們身上打，不會留下痕跡。」

吳居藍拿著書，呆看著我。

我說：「你打吧！等你打完，我再報警。」

吳居藍的眼神越來越明亮，突然間，他笑了起來，就像暗夜沉沉的海面上，明月破雲而出，讓整個大海剎那間有了光輝。他笑著用書拍了我的腦袋一下，「妳從哪裡學來的？」

「電視上，員警打那些壞人都是這麼打的。」美劇、韓劇、港劇都是這麼演，我很確信這個方法絕對可行。

「妳打個電話給江易盛，讓他立即過來，我們去屋裡等。」

「好。」我完全不知道該如何處理眼前的情形，江易盛卻自小到大都是個人精，八面玲瓏、長袖善舞，見人說人話、見鬼說鬼話，事情交給他處理的確比較好。

江易盛來後，看到我們家院子裡的景象，倒是沒大驚小怪，只是很無語呆滯的樣子。

我把事情經過詳細講述了一遍。江易盛一邊聽，一邊若有所思地一會兒看看吳居藍，一會兒看看地上昏迷的小偷。

吳居藍像是什麼都沒察覺到，平靜地從一個房間走到另一個房間，查看著有沒有丟東西。

江易盛打電話報了警，二十幾分鐘後，兩個警察氣喘吁吁地跑了進來。江易盛告訴警察，我們出海去玩，回家時碰到了這兩個人入室行竊。小偷倉皇地想逃跑，一個小偷不小心被突然掉下的招牌砸暈了，一個小偷被我們制服了。

警察把兩個小偷弄醒，問他們話。

我本來還有點緊張，但不管員警問什麼，小偷都點頭承認，看上去有些糊里糊塗，大概是覺得反正被抓住了，究竟怎麼被抓住的並不重要。

因為事情經過很簡單，小偷被當場抓住，沒有任何人受傷，家裡也沒有丟任何東西。警察做完調查，就帶著兩個小偷離開了。

出院門時，警察格外小心，看看院門上方的屋簷，再看看掉在地上的牌匾，感嘆地說：「原來真的有被招牌砸暈的事！」

等警察走了，我趕在江易盛開口前說：「很晚了，大家都休息吧！不管什麼事，明天再說。」

江易盛明白了我的態度，他立即吞下了滿肚子疑問，打了個哈欠說：「晚安！」一搖一晃地離開了。

我鎖好院門和屋門，轉身上樓。走著走著，總覺得心裡有些發慌，我回頭對吳居藍說：「你今天晚上能不能睡我隔壁的房間？」

「好。」吳居藍陪著我一起上了樓，把我送到房間裡，「放心，沒有人藏在衣櫃裡，也沒有人躲在床底下，我全查看過了，保證一隻老鼠都沒有。」

我「噗哧」一聲笑了出來，繃緊的神經突然就鬆弛了，「你怎麼猜到我會擔心這些？」

「難道妳看的電視劇不是這麼演的嗎？」吳居藍一副「這會兒很難猜嗎」的表情。

我汗顏，「呃……是這麼演的，屋子太大了也有壞處，哪個角落裡藏個人都完全不知道。」

吳居藍說：「我就在隔壁，我的聽覺很靈敏，有什麼事肯定會立即知道，妳可以安心睡覺。」

「我知道！」見識過他今天晚上的身手，我完全相信他，不要說只是兩個小偷，只怕兩個訓練有素的特警，他都能輕鬆放倒。

我沖了個澡後，上床休息。因為知道吳居藍就在不遠處，雖然經歷了一場驚嚇，卻一點不害怕，躺到床上沒多久就沉睡了過去。

清晨，我起床後，發現江易盛已經在院子裡了。他一邊吃著早飯，一邊看著吳居藍工作。

我踢踢踏踏地下了樓，盛了一碗粥，坐到江易盛身旁，加入了觀賞行列。

吳居藍正在做一個匾額，邊角雕了水紋，比上一個匾額漂亮了很多。我和江易盛都很鎮定，對於連古琴都能做的人而言，這個實在是不值一提的小動作。

江易盛看他做得差不多了，放下碗筷，跑進書房，自覺主動地展開宣紙，取出筆墨，準備寫字。上一次，「海螺小棧」四個大字就是他寫的。上中學時，江易盛的書法作品在省裡拿過一等獎，雖然很多年沒好好練過了，但總比每次都「重在參與」的我強。

江易盛提筆寫完，自覺發揮良好，興致勃勃地叫我進去看。

我和吳居藍一前一後走進書房，我看了眼，漫不經心地誇獎說：「不錯，比上一次寫得好。」

江易盛得意地問吳居藍，「你覺得呢？」

吳居藍一言未發，走到書桌前，提起筆，筆走龍蛇，一氣呵成。

我水準有限，不會欣賞。江易盛卻看得目眩神迷，喃喃低語：「清風出袖，明月入懷。」

吳居藍擱下筆，對我認真地說：「用我的字，比江易盛的好。」

我看看摯友江易盛，當然是……毫不猶豫地答應了。

吳居藍拿著自己寫的字，去匾額上拓字。江易盛把自己的字揉成一團，丟進了垃圾桶。

我拍了下他，「幹嘛？生氣了？」

江易盛嘆了口氣，「妳啊！無知者無畏！妳知道『清風出袖，明月入懷[18]』八個字是古人評價誰的字嗎？」

「不知道。」

「王羲之。」

我笑著拱拱手，「謝謝！」

「不用謝，吳居藍的字擔得起這個誇獎！小螺，昨天晚上的事，今天的字，妳就真的不緊張嗎？」

「緊張啊！我已經胡思亂想過各種可能了。」

「都有什麼可能？」

「他是特務，受過特殊訓練，所以會常人不會的各種技能。」

「嗯──」江易盛正在喝水，不能張嘴，鼻音拖得老長，嚥下去後才說：「麥特．戴蒙的《神鬼認證》，還有呢？」

「他是穿越來的。」

「噗──」江易盛把剛喝的一口水全噴了出來，一邊咳嗽一邊說：「妳《步步驚心》看多了吧？那些胡編亂造的電視劇還是少看點！」

我嫌棄地抽了兩張紙巾給他，「那你的高論呢？」

「我不知道！就是因為我心裡一點譜都沒有，才擔心妳。妳說妳如果喜歡的是大頭……」

我做了個「停」的手勢，沒好氣地說：「吳居藍會把一切都告訴我的。」

「什麼時候？」

「快了。」明天是十五月圓之夜。我有預感，吳居藍會在月圓之夜告訴我他是誰，來自哪裡。

18唐．李嗣真稱王羲之的草書「草行雜體」，如「清風出袖，明月入懷」。

這個月的月圓之夜，正好是農曆的八月十五，不僅是一年一度的中秋佳節，還是我二十六歲的生日。

因為我的農曆生日太過特殊，從小到大我都是只過農曆生日。

今年，爺爺不會再送我生日禮物，我決定把吳居藍和我約定的月圓之夜當作自己的生日禮物。

想到明天晚上，我十分緊張，吳居藍似乎完全忘記他的許諾，若無其事地該幹什麼就幹什麼。

我一點也打不起精神做生意，索性告訴客人因為要過中秋節，再放假兩天。

我沒什麼事幹，一邊窩在沙發上看電視，一邊拿著手機刷微博和朋友圈的訊息。不管電視上，還是網路上，大家都在議論今年的中秋月圓。

新聞報導：「今年中秋節的滿月時刻會是五十二年來地球距離月亮最近的時刻。因為地球的自轉和月球的公轉，今晚歐洲、非洲、南極洲、南美洲和北美洲東面將提前看到圓月，明晚亞洲東面和大洋洲將看到五十二年來最大的圓月。」

中秋佳節加天文異象，讓媒體湊趣地把一切越演越烈：「明晚你會和誰共賞五十二年來最大的圓月？有沒有考慮過在五十二年來最大的圓月下告白、求婚？」

我的心情很複雜，我一個人的小小感情竟然和宇宙間的天文大事聯繫在了一起，本來只是我的特殊日卻好像變成了很多人的特殊日。

吃過晚飯後，我不想再看電視，問吳居藍要不要出去走走，他說「好」。

我們沿著老街盡頭的小路，向著山頂走去。

據說很早以前山頂有一個媽祖廟，所以這座山被叫做媽祖山，這條街被叫做媽祖街。可不知什麼時候，媽祖廟坍塌了，漁民另選地方蓋了新廟，這裡只剩下了地名。

媽祖山不算高，但山上草木茂盛，山下礁石林立，站在沒有林木遮擋的鷹嘴崖上，就能眺望到整片大海。

今天晚上，風很輕柔，雲很少，海上的月亮看得格外清楚。

雖然明晚才是十五，但今晚的月亮看上去已經很圓。我也不知道是真的，還是自己接受了心理暗示，覺得月亮好大好大，大得好像天都要托不住，馬上就要掉下來。

我糾結了一整天，終於再忍耐不住，鼓足勇氣問：「明天晚上就是月圓之夜了，你還記得你說過的話吧？」

吳居藍沉默地望著月亮，一瞬後，說：「明天晚上，我們在上一次妳看到我的海灘見。」

「就是媽祖山下，那片我常常去的礁石海灘嗎？」

「嗯。」

本來，我覺得還有滿肚子的話想說，可此時此刻，靜謐的夜色中，站在吳居藍身旁，看著皎潔的月光下波光粼粼的大海，聽著澎湃的海浪聲，突然覺得我應該先享受當下這一刻，別的一切都等到明天吧！

突然，吳居藍身子晃了一晃，就要摔倒，我急忙扶住他，「你怎麼了？」

吳居藍說：「沒事，腿突然有點抽筋……」他閉上了嘴巴，凝神聽著什麼，目光漸漸變得十分犀利。

我不安地問：「怎麼了？」

「有人藏在樹林裡，正在慢慢靠近我們，四個人。」

我很想樂觀地說「大概是晚上來散步的鄰居」，但自己都覺得完全不可能。

我說：「是壞人？我們現在就往山下跑，等跑過這段小路，大聲呼叫，肯定會有鄰居聽到。」

吳居藍說：「我現在跑不了。」

「我扶著你跑。」

吳居藍沒有接受我的提議，「這四個人來意不善。待會兒，我說跑，妳就跑。我擋住他們，妳去找人幫忙。」

「不行，我要和你一起……」

吳居藍目光灼灼地盯著我，「我不會有事，但如果妳堅持留下，我為了保護妳，很可能就會有事。不要讓妳成為我的弱點就是最大的幫忙。」

我只能聽話，「好。」

吳居藍讓我扶著他走到附近的一棵椰子樹旁。

我這才明白，我的確不可能攙扶著吳居藍跑。吳居藍的兩條腿僵硬得如同石柱，短短幾步路，我和他就累得滿頭大汗。

吳居藍讓我幫他撿了幾塊小石頭。他拿在手裡，對我說：「用盡力氣往山下跑，不要試圖回來救我，相信我，我不會有事。」

我緊緊地咬著唇，點了下頭。

吳居藍說：「跑！」

我拔腿就跑向山徑，樹叢中有人撲了出來，想抓住我，但還沒靠近我，一塊石頭就呼嘯著砸向他的眼睛，他不得不閃身避開，我從他身前飛速地跑過。

他還想繼續追我，又有一塊石頭飛向他，他只能先閃避。

吳居藍靠在椰子樹上，一手拋玩著石子，一手彎著食指，對他勾了勾，滿是挑釁和輕蔑。

男子勃然大怒，招呼同夥，「先收拾男的。」

我跑著跑著，終究是不放心，忍不住回頭去看——椰子樹下，四個男人都拿著匕首，一起圍攻著吳居藍。吳居藍因為腿不能動，只能緊貼著椰子樹，被動地保護著自己。那四個男人發現了他的異樣，兩個人從兩側攻向他，另外兩個人借著吳居藍的防衛空檔，把手裡的匕首狠狠刺向吳居藍的兩條腿。

我心中一慟，轉身就要往回跑，吳居藍的聲音傳來，「小螺，聽話！」

他的聲音一如平常，平靜到沒有一絲波瀾，可那聲「聽話」卻格外溫軟，讓我立即停住腳步。

我一咬牙，猛地轉過身，含著淚拚命往山下衝。

跌跌撞撞地衝到小路盡頭，已經能看到媽祖街上的隱隱燈光，我一邊跑，一邊大聲叫：「救命！救命！有人嗎？有人嗎……」

江易盛第一個衝出了屋子，高聲問：「小螺，怎麼了？」

我喘著氣說：「吳居藍在鷹嘴崖，椰子樹下，有壞人……拿著刀……」

江易盛甩開大步，往山上疾跑。幾個鄰居也陸陸續續跟在他身後，往山上趕去。

我速度沒他們快，等我氣喘吁吁地跑到山頂，看見一堆人神情古怪地站在椰子樹下。

我焦急地衝了過去，「吳居藍……」

椰子樹下空無一人，既沒有吳居藍，也沒有攻擊我們的壞人。

我傻了。

一個鄰居四處看了一圈說：「沈螺，妳是不是做噩夢了？沒有人啊！」

我又急又怕地說：「肯定是那些人把吳居藍抓走了。」

曾大叔說：「妳別著急，江易盛已經帶著人去別的地方找了。」

王洋哥哥說：「我們再四處找找，小吳那麼大個頭，想把他帶走可不容易。」

幾個鄰居分散開，沿著下山的方向去找。

我突然想起我替吳居藍買了手機，而且要他答應我不管什麼時候出門都必須帶著手機。我立即掏出手機，打電話給他。

溫柔的女聲傳來：「對不起，您撥打的電話關機中，請稍後再撥。」

我不死心地撥了一遍又一遍，手機裡一直是這個回覆。

一個多小時後，大家找遍了整座媽祖山，既沒有找到吳居藍，也沒有找到我說的四個壞人。

按照我的說法，加上吳居藍一共有五個男人，媽祖山就那麼大，無論如何都不可能找不到。

雖然沒有人明說，但我清楚地感覺到，大家都不相信我說的話。

我想說「吳居藍的確不見了」，至少，這是可以證明的事實。

江易盛拉住我，在我耳邊小聲說：「吳居藍是成年人，要失聯四十八小時後，員警才會受理。妳就算現在報警，員警也只會先等等看。」

我只能把所有話都吞了回去。

人群漸漸地散去，鄰居們還好心地悄悄叮囑江易盛帶我去醫院檢查一下。

我站在山頂，既痛苦、又無措，怎麼想都想不明白，五個大男人怎麼會不留一點痕跡就消失不見了？

我問江易盛：「你相信我說的話嗎？」

「相信。」沒等我表示感謝，江易盛又慢吞吞地說：「妳告訴我妳看見了外星人，我也會相信。」

我含著淚狠狠地搥了他一拳。

江易盛連忙正色說：「妳把事情經過再跟我講述一遍，我們分析一下可能性。」

「吃過晚飯，八點多時，我和吳居藍出門散步，沿著上山的小徑，一直走到了最高的鷹嘴崖……後來，來了四個壞人……」

我走到椰子樹下，站在吳居藍站過的位置上，「他就站在這裡。」

江易盛緊挨著我的肩膀，靠著椰子樹站好，一邊查看四周，一邊說：「他的腿突然嚴重抽筋，不能動的話，這裡的確是最好的地方。椰子樹可以保護他的背部，他可以保護妳順利逃離。」

椰子樹後面是茂密的羊角木林，左邊是下山的小徑，前方是一塊雜草叢生的空地，右邊就是形似鷹嘴的山崖，稀稀落落地長著一些低矮的抗風桐和不知名的藤蔓。

我和江易盛查看了一圈後，不約而同地把目光投向了鷹嘴崖。崖下怪石嶙峋，翻湧的大海不停地拍打著山壁，激濺起高高的浪花。

如果陸地上沒能找到人，那麼人會不會去了海上？

我說：「還有一條小路可以通到山另一邊的海灘，就是我們小時候常常去玩的海灘。」那邊的海灘是礁石海灘，行走不便，人跡罕至，我、江易盛和大頭三個人小時候經常在海灘上玩耍。

「我比妳更熟這裡！如果他們帶著吳居藍，速度快不了，到山下的海灘至少要二十幾分鐘。那片礁石海灘不好走，從山腳到海邊又至少要十幾分鐘。我上山後沒看到吳居藍，立即跑到了那邊的山坡上，從高處眺望過，絕對沒有人。」

「也許你沒有看清。」

「妳看看今天晚上的月亮。」

我抬頭看看那輪碩大的月亮，不吭聲了。

江易盛說：「我不放心，還讓黎大哥沿著那條路下去找了一遍，什麼都沒發現。」黎大哥是漁民，對海灘上哪裡能停船都瞭若指掌，只要有人乘船從那裡離開，他肯定能發現。

我盯著陡峭的鷹嘴崖說：「難道他們從那裡跳下去了？」

江易盛說：「不可能！從那裡跳下去，九死一生。他們犯得著冒這個險嗎？」

我氣急敗壞地說：「這也不可能，那也不可能，難道人能飛上天嗎？」

「更不可能！所以肯定有一個合理的可能。」江易盛猶豫了一下說：「那四個男人不一定非要帶著吳居藍走。這是海邊，藏匿一個活人不容易，讓一個死人消失卻不難……」

我厲聲說：「不可能！吳居藍絕對不會有事！」

江易盛不吭聲了，可我一清二楚他想要說什麼。如果那四個人窮凶極惡到先殺了吳居藍，再處理掉吳居藍的屍體，然後偽裝成普通人，分散開走，就很有可能躲過搜索的隊伍，順利逃走。

我下意識地看向鷹嘴崖，突出的山崖佇立在虛空，面朝著遼闊的大海，一眼望去，無邊無際，可以不留痕跡地吞噬掉一切。

我像是被什麼東西狠狠地刺了一下，立即閉上眼睛，扭過了頭，不敢再看。

江易盛勸說：「能找的地方都找過了，妳待在這裡也沒用，不如回家去等。只要吳居藍沒事，他肯定會想辦法回家。」

一時間我也想不出別的辦法，只能跟著江易盛回家去看看，抱著萬分之一的希望，也許吳居藍已經先回去了。

Chapter 9

我不怕你，我想要你

我知道前面的路很艱難，也許遠遠超出我的想像，
但是，至少這一刻，請讓我知道你的心意。
我只想知道，我的感覺沒有錯，你也有那麼一點點喜歡我。

整整一晚上，吳居藍沒有回家，也沒有打電話回來。

我一直坐在客廳的沙發上等著吳居藍。過一會兒就撥打一次吳居藍的手機，電腦合成的女聲總是溫柔又殘酷地告訴我：「對不起，您撥打的電話關機中，請稍後再撥。」

院子外稍微有點風吹草動，我就會滿懷期盼地看出去，卻始終沒有看到吳居藍推門而入。

江易盛不放心我，跟醫院打電話請了假，一直陪著我。

早上，兩個人都沒有胃口，就都沒有吃。

中午，江易盛煮了碗長壽麵給我，「我辛苦煮的麵，妳多少吃一點。就算不看我的面子，也要看吳居藍的面子，妳吃飽了才有力氣想辦法啊！」

「你說的道理我都明白，但現在我真的吃不下。」理智上，我完全清楚我不吃飯對事情沒有任

何幫助，但是，我的胃裡就好像塞了一塊沉甸甸的大石頭，壓得我一點容納食物的空間都沒有。

我說：「我想再上山一趟。」

「我陪妳一起去，也許會有新的發現。」

我和江易盛沿著昨天晚上我和吳居藍上山的路，慢慢地走著。

正午的太陽十分毒辣，曬得人幾乎睜不開眼睛。一路到山頂，都沒有碰到一個人。

江易盛皺著眉頭，自言自語地說：「我也算是個聰明人，可從昨天晚上想到現在，怎麼想都想不通幾個大活人怎麼能一點痕跡都不留地就消失不見了呢？以吳居藍的身手應該能堅持到我們趕到才對，除非發生了什麼我們不知道的事。」

我沉默地走到鷹嘴崖上，眺望著廣闊無垠的蔚藍大海。

昨天晚上，站在這裡時，我還忐忑於今晚究竟會發生什麼，告訴自己享受當下，可是這個當下竟然那麼短暫。

江易盛擔心地叫：「小螺，回來！不要站得離懸崖那麼近！」

我退了回來，回憶著昨天晚上的情形，慢慢地走到椰子樹下。

明亮的陽光下，一切看得更加分明。椰子樹就在小徑的前方，守在這裡，就像守在關隘口，可以把所有的危險都擋住。漫漫一生中，不是每個女人都能碰到一個男人願意站在她身後，為她阻擋住所有危險。

我鼻子發酸，眼淚湧進了眼眶。吳居藍，你答應了我不會有事！你必須說話算話！

在山頂轉來轉去的江易盛突然興奮地說：「小螺，我們上來這麼久了，一個人都沒有看到。」

我悄悄拭去眼角的淚，轉過身，不明所以地看著他。

江易盛揮舞著手，激動地說：「這裡不是有名的景點，大白天都沒有人來玩，晚上怎麼會莫名其妙地有四個人在山上？不管是想搶劫，還是想偷盜，都應該去繁華熱鬧的燈籠街，根本不應該來這裡！我覺得這四個人絕不是偶然碰到你們、隨機性做案！」

我如同醍醐灌頂，霎時從一片漆黑中看到一線光明，「他們……特意衝著我和吳居藍來的！」

「對！找不到吳居藍，就想辦法找到那四個人！他們一定知道吳居藍的下落！但是……」江易盛嘆了口氣，「吳居藍一直沒有告訴妳他來自哪裡，做過什麼，可以說，我們完全不瞭解吳居藍，想要找到線索有點困難！」

我說：「你怎麼能肯定那些人是衝著吳居藍來的？」

「不是衝著他，難道是衝著妳？從小到大，妳的經歷乏善可陳，絕對不會有人想要大動干戈，找四個拿著刀的歹徒來對付妳。」

我一邊仔細思索，一邊慢慢地說：「我的經歷是乏善可陳，但這兩個月卻發生了不少事。我去銀行領錢，回來的路上被搶劫；我們出海去玩，回到家發現有兩個小偷在家裡；我和吳居藍上山散步，碰到四個歹徒。我們這條街一直治安良好，從沒有發生過這樣的事，我卻接連碰到三件，不僅僅是一句倒楣就能解釋的。」

江易盛贊同地說：「的確！這三件事應該是有關聯的！」

我說：「這三件事唯一的共同點就是我。」
江易盛說：「也都和吳居藍有關，是他住到妳家後，才發生了這些事。」
我沒有辦法反駁江易盛，如他所說，我的經歷一清二楚，完全想不出任何理由，會導致別人處心積慮地來對付我。
我說：「不管是衝著我，還是衝著吳居藍，都暫時不重要。關鍵是，如果這三件事不是孤立的，被抓住的那兩個小偷就是……」
「線索！」江易盛說完，立即拿出手機，撥打了在警察局工作的朋友的電話。
「什麼？已經被送走了？為什麼……」
兩個小偷既沒有造成人身傷害，也沒有造成財物損失，算是入室盜竊未遂。因為他們的認錯態度良好，量刑會很輕，大概六個月左右，可以保釋候審；又因為案件最終會在海島的管轄市審理，所以他們已經被看守所釋放，離開了海島。
江易盛安慰我說：「人只是暫時離開了，並不是沒有辦法追查。我已經讓朋友幫我去查他們的保釋人是誰，什麼時候審理案件，順著線索總能追查到。」
我心情沉重地點了點頭，一層層追查下去，不知道還需要多久，吳居藍……我立即告訴自己，他答應了我，不會有事！他那麼驕傲，肯定不會食言！肯定不會！

從山上回到家裡，我又恢復了之前的樣子——坐在沙發上，看著窗外，手裡拿著手機，過一會兒就打一次給吳居藍。

江易盛為了分散我的心神，把電視打開，又拿了一堆零食放在茶几上。可是，往日我最喜歡的放鬆方式不再有半點效果，我滿心滿腦都還是吳居藍。

晚上八點多時，我對江易盛懇求地說：「我已經失去吳居藍的聯繫二十四個小時了，你可不可以找朋友想點辦法，通融一下，讓員警幫忙找找？」

江易盛說：「好！吳居藍的情況有點複雜，我得去找朋友，當面聊一下，妳一個人在家……沒問題嗎？」

「當然沒有問題！過一會兒，我就去睡覺了。我手機一直開機，你隨時可以打我電話。」

「這樣也好，妳好好睡一覺，有事我會打妳電話。」江易盛拿起外套，匆忙離開了。

我又撥打了一次吳居藍的手機。

「對不起，您撥打的電話關機中，請稍後再撥。」

我對著手機低聲問：「到底要稍後多久？」

☆ ☆ ☆ ☆ ☆

電視機裡傳來主持人興奮的聲音：「今年中秋節的圓月會是五十二年來最圓的月亮，我們中國人有句古話『水滿則溢、月滿則虧』，可見月圓是很短暫的一刻，你們想知道哪一刻的月亮才是真正的最圓嗎？根據天文學家的預測，今天晚上十一點四十九分會出現最圓的月亮。中秋團圓月，你們選好地點去賞月了嗎……」

我站了起來，呆呆地想了一會兒，開始翻箱倒櫃找東西。

我穿上保暖外套和防滑鞋，帶上可攜式手電筒。

「……不過很可惜，今晚我國南部地區普遍有雨，並不適合賞月……」

我拿起遙控器，「啪」一下關了電視。

我放下遙控器時，看到茶几上的零食，順手把一包巧克力裝到了口袋裡。走出門時，又順手拿了一把折疊傘。

我沿著從小到大走過無數遍的小徑，來到了我和吳居藍約定月圓之夜見面的礁石海灘上。

這片海灘的形狀像一個歪歪扭扭的「凹」字，兩側是高高聳立出海面的山崖，十分陡峭，中間是一片連綿幾百尺長的礁石海灘。因為水急浪大、怪石嶙峋，既不適合游泳、也不適合停船，很少有人來。只有附近的孩子偶爾會躲在這裡抽煙喝酒，做一些需要躲避家長和老師的事。

很長一段時間，這片海灘都是我、大頭、神醫三人的祕密基地。每一次，我心情不好，想一個人清靜一下時，就會來這裡。

今晚的月亮又大又圓，可因為天上有雲，月亮一會兒在雲層外，一會兒鑽到了雲層內，海灘上就一會兒明亮，一會兒黑暗。

我挑了個最顯眼的礁石，爬到上面，筆直地站好，把手電筒打開，握著它高高地舉起來，讓自己像一個燈塔一樣明亮耀眼。只要吳居藍趕來，不管他身在何處，都能一眼就看到我。

當我無法找到他時，我唯一能做的就是努力讓他能找到我，這也算是絕望中的一點希望。

我一隻手舉累了，就換另一隻手，兩隻手輪流交替，始終讓手電筒的光高高地亮在我的頭頂。

沉默地佇立、沉默地祈禱、沉默地等待……

我不知道我已經等了多久，更不知道我還要等多久，似乎我已經化成了一塊石頭，不知疲倦、不知饑渴，只要吳居藍還沒有平安回來，我就會一直舉著手電筒，等在這裡。

從海上吹來的風突然變大了，厚厚的雲層湧向月亮，把它包裹住。天地間變得漆黑一片，海水也失去了光彩，如墨汁一般漆黑。海潮越來越急，海浪越來越高。大海像一隻被叫醒的發怒猛獸，咆哮著想要吞噬一切。

根據爺爺的說法：「一風起、二雲湧、三浪翻、四就是要下暴雨了。」有經驗的漁民，聞到風的味道就知道海龍王要發怒了，得趕緊找地方躲避。

今夜的海龍王顯然很不高興，警告著所有人盡快遠離他。

可是，因為月圓之夜的約定，我舉著手電筒，站在礁石上，遲遲不願離去。萬一我剛走，吳居藍就來了呢？

再等一會兒……

再等一會兒，我就走……

再等一會兒，再等一會兒，我就走，馬上就走……

一個又一個「一會兒」，沒有一絲預兆，瓢潑大雨突然傾盆而下，豆大的雨珠劈里啪啦砸下來，砸得我全身都痛。

我把手電筒咬在嘴裡，取出折疊傘，剛剛打開，「呼」一下，整個傘被風吹得向上翻起，不但不能幫我擋雨，反而帶得我站都站不穩，差點跌下礁石。

我急忙鬆開了手，「嘩啦」一聲，傘就被風吹得不見了蹤影。

我覺得哪裡有點不對勁，拿起手電筒，朝著腳邊照了下，才發現，海浪已經隨著迅速漲潮的海面，悄無聲息地翻捲到了我站立的礁石上，幾乎就要淹沒我的腳面。

我對水是本能的恐懼，立即倉皇地想後退。

一波未平，一波更大的海浪向我站立的礁石翻捲著撲來。

「啊——」我從礁石上滑下，被捲到了海浪中。

我下意識地拚命掙扎，想抓住附近的礁石，卻驚恐地發現什麼都抓不住。

我身不由己，在礁石間沖來撞去，隨著海水向著大海滑去。

就在我即將失去意識的最後一瞬，一隻強壯有力的手突然伸過來，把我拉進了懷裡，摟著我浮出了水面。

我大張著嘴，一邊用力地喘氣、一邊不停地咳嗽，整個身體都因為恐懼而在不自禁地抽搐，心裡卻洋溢著喜悅，急切地想要看清楚救了我的人。

是吳居藍，真的是吳居藍！

雖然夜色漆黑，海水模糊了我的眼睛，只能隱約看到一個輪廓，但我無比肯定就是吳居藍。

狂風怒號、大雨如注、海潮翻湧，好像整個世界都要傾覆。

吳居藍一手牢牢地抓著一塊凸起的礁石，一手緊緊地摟著我。在他的胸膛和礁石間形成了一個小小的安全空間，讓我可以不被風浪沖襲。

我也不知道自己臉上究竟是雨水、海水，還是淚水，反正視線迷濛，讓我總是看不真切。我伸出手，哆哆嗦嗦地撫摸過吳居藍的臉龐，確定眼前的一切不是幻覺後，我用力地抱住了他的脖子，把頭緊緊地貼在了他的頸窩。

天地間漆黑一片，狂風猶如饑餓的狼群，不停地哭嚎著；大雨如上帝之鞭，惡狠狠地鞭笞著世間萬物；大海像一隻發怒的洪荒猛獸，想要吞噬掉整個天地。

似乎，世界就在毀滅的邊緣，我卻覺得此時此刻，安寧無比，在他懷裡，頭挨著他的頸窩，一切都是堅實可靠的。

＊ ☆ ★ ☆ ＊

暴風雨來得快，去得更快。

半個多小時後，突然間，風小了，雨停了，大海平靜了，雲也漸漸地散去。一輪金黃色的美麗圓月懸掛在深藍的天空中，映照著波光粼粼的海面。

我抬起頭，凝視著吳居藍，用手輕輕地幫他把臉上的水珠抹去，「謝、謝……阿嚏！」

我一開口，立即打了個寒顫，才覺得好冷。

吳居藍輕輕地推開我，想要幫我翻坐到礁石上。

我像隻八爪章魚一樣，立即纏到了吳居藍身上，這才發現他沒有穿上衣。赤裸的肌膚和冰涼的海水幾乎一個溫度，我下意識地揉搓了一下，想幫他增加一點溫度。等做完後，才意識到這好像……更像是在占便宜。

我不好意思了，忙放開了他一些，掩飾地說：「我們一起上去。」

吳居藍搖搖頭，指指家的方向，把我的手拉開，又想把我推上礁石。

我終於後知後覺地察覺到有點不對勁了。

我緊緊地抓著吳居藍的胳膊，「我不會先回家！你、你……和我說句話，叫我一聲『小螺』就可以。」

吳居藍沉默地看著我，嘴巴緊緊地閉著。

「你不能說話了？是他們做的嗎？」

我的眼淚直在眼眶裡打轉，伸手去摸他的嘴脣，「你讓我看一下，到底傷在哪裡了？」

吳居藍十分避諱，猛地偏了一下頭，避開了我的手。

我不解地看著他，他沉默不語，深邃的眼睛裡隱隱流動著哀傷。

我不想再勉強他，一手抓著他的手腕，一手去抓礁石，想要爬上岸，連對水的恐懼都忘了，「我們現在就去找江易盛，立即去看醫生。」

吳居藍在下面輕輕托了一下我，我輕鬆地爬到了礁石上。

我回轉身，用力拉他，想要把他拉上岸，吳居藍卻一動沒有動。

我正想更加用力，卻不知道吳居藍的手怎麼一翻，竟然輕輕鬆鬆就從我手裡掙脫了。他慢慢地向後退去。

我驚恐地大叫：「吳居藍！」立即就想跳進水裡，去追他。

吳居藍停住，對我安撫地抬了下手，示意他不是想離開，讓我好好地待著。我沒有再動，跪在礁石上，緊張困惑地盯著吳居藍。

吳居藍確定我不會跳下海後，慢慢地向著遠離礁石的方向退去。

我眼睛一眨不敢眨，緊緊地盯著他。

他停在了幾尺外，一個能讓我看清楚他，卻又保證我們接觸不到的距離。

他沉默地看著我，遲遲沒有說話，也沒有任何動作。

我擠了個乾巴巴的笑出來，輕聲叫：「吳居藍！」

他終於開始動了起來。

就像海下有一個平臺托著吳居藍一樣，他慢慢地從海面上升了起來，一直升到了腰部，整個上半身都露在海面上。

他穩穩地停在了海中央，靜靜地看著我，似乎在提醒我，讓我看清楚一切；又似乎在暗示我，如果想要逃避，一切都還來得及。

皎潔的月光下，他的上半身猶如希臘神殿前的大理石雕塑一般完美，肌肉結實有力，肌膚白皙緊緻，一顆顆水珠似乎閃著銀光，從起伏的曲線上滑落。

如果說我沒有察覺到異樣，那肯定是撒謊，但這些還不足以讓我害怕，我緊張地笑了笑，調侃說：「身材很好！」

吳居藍深深地盯了我一眼，似乎最終下定了決心。「嘩啦」一聲水浪翻捲中，我好像看到一條巨大的魚躍出了水面。

等浪花平息，我看到吳居藍平靜地坐在海面上，整個身體沒有任何遮擋地展現在我面前。

我眼睛發直，張著嘴，大腦一片空白。

剛剛經歷過暴風雨的天空，格外乾淨澄澈，猶如一塊毫無瑕疵的藍寶石。一輪金黃色的圓月懸掛在天空，又大又亮，皎潔的光輝傾瀉而下，映照得整片大海波光粼粼。

吳居藍就優雅地側身坐在那輪圓月下的海面上，他的上半身是人身，腰部以下卻是魚，又大又長的銀藍色魚尾漂浮在水面上，讓他看上去就好像是坐在了水面上一般。微風吹過，波光粼粼的海面溫柔地一起一伏，吳居藍的身子也微微地一搖一晃。

我覺得我要瘋了！我究竟看見了什麼？

真的？假的？死亡前的幻覺？

其實我已經快要死了吧！不管是被吳居藍救了，還是現在看到的畫面，都是死亡前的幻覺……可是，不管我多麼一廂情願地催眠著自己一切都是假的，理智都在一個小角落裡，頑固地提醒著我，一切都是真的！

我本能地想尖叫，那是人類自然而然的自我保護和防禦機制，但是，讓我神經錯亂的畫面中還有我熟悉的面容。雖然我現在心神震駭、頭腦昏聵，卻就是清楚地知道那樣做一定會傷害到他，不可以！絕對不可以……

我像個化石一樣，一直保持著跪趴的姿勢，表情呆滯地看著吳居藍。

他也一直沒有動，不動聲色地安靜等待著，就像是一個走投無路下把命運完全交給了老天去決定的人，除了漫長的等待和更漫長的等待外，再沒有別的辦法。

在吳居藍的耐心、漫長的等待後，我終於找到了自己的聲音，乾澀地問：「你、你在COSPLAY嗎？」

這是我在一一否定了做夢、發瘋、幻覺等等選項後，認為唯一合理的解釋。我怕他沒聽懂，比劃著說：「就是藉由化妝、服裝和道具，把自己裝扮成電影、小說、遊戲裡的某個人物，高明的COSER能把自己裝扮得和想像中一模一樣。」

吳居藍搖了搖頭，將近兩尺長的尾巴高高揚起，在天空中劃過一道美麗的弧線，又落回水裡。月光下，銀藍色魚尾的一舉一動，都美得驚心動魄，絕不是人力所能為，只能是造物主的恩賜。

真的！

一切都是真的！

不得不接受了事實後，驚駭反倒慢慢地消散了。

為什麼我非要希望眼前的一切全都是假的呢？為什麼一直想從吳居藍那裡要一個合理的解釋呢？為什麼不能接受吳居藍有一條魚尾巴呢？就算一切都是真的，又能如何呢？他依舊是他！

我忍不住仔細地看著吳居藍，他好像知道我其實現在才有勇氣真正地看他，微微地側過了身子，讓我能看得更清楚一些。

月光下，他好像又有了變化。

他的眼眶更加深陷、眉骨更高、鼻梁更挺、鼻翼更窄、下頷更突出，整張臉更加稜角分明。漆黑的頭髮溼漉漉地垂在他肩頭，令他看上去十分妖異英俊，也十分冷酷無情。

除了前半身，他全身上下都覆蓋著一層細密的藍色鱗片，這和獅子、老虎那些猛獸很像，只有前腹是沒有防護的，所以猛獸從來都是深藏腹部。鱗片的顏色從下往上漸漸變淺，尾鰭是喀什米爾藍寶石般的深藍色，到肩膀時幾乎變成了水晶般透明的淺藍色，如果不是在月光下，鱗片泛著淡淡的銀光，幾乎注意不到他肩膀上有鱗片。整條手臂也覆蓋著鱗片，顏色從肩頭往下逐漸加深，接近腕骨時已經變成了喀什米爾藍寶石般的深藍色。

我好奇地問：「剛才在水裡時，我沒感覺到你肩上和胳膊上有鱗片，是因為剛才還沒有嗎？」

吳居藍點了點頭。

我問：「是因為擔心我害怕……你才沒有顯露？」

吳居藍靜靜地看著我，沒有吭聲。

我突然想到——不是只有我緊張害怕吧？吳居藍不緊張、不害怕嗎？

他怕我害怕，特意隔著一段讓我覺得安全的距離，坐在那裡，一直展示著他的身體，還要配合我的每一個詢問，沒有人會喜歡這樣吧？更何況是向來高傲冷淡的吳居藍？

我的心漲得鼓鼓的，心酸和感動交雜在一起，想哭又想笑的感覺。

我說：「吳居藍，你能游過來嗎？」

吳居藍看著我，沒有動。

我懇求：「我怕水不會游泳，你過來，好嗎？」

吳居藍的魚尾優雅地一擺，沉到了水下，他的人也向下沉了沉，只有胸膛以上露在了海面上。

他向著我游過來，其實，並不像游，因為他雙手根本沒有動，身體也是直直的，更像是從水中飄了過來。

還有一尺多遠的距離時，他停住了，盯著我，似乎在確認我真的不會害怕。

我心裡那種酸酸澀澀的感覺滿漲到就要溢出來，忍不住輕嘆了口氣，絕不是難過，而是窩心的柔軟感動。我第一次發現，原來每一次以為自己已經夠喜歡一個人時，下一刻又會因為他的一個小動作，更加喜歡他。

吳居藍誤會了我的嘆氣，他眼中滿是無奈悲傷，想要退後。

我立即說：「不要動！」

既然他不能說話，那就我來說好了！

我說：「你不會真以為我害怕你吧？拜託！我雖然不是《暮光之城》和《來自星星的你》的腦殘粉[19]，但我也是從頭到尾，一集沒落地全看完了。」

吳居藍的表情很茫然，顯然根本不知道《暮光之城》和《來自星星的你》究竟是什麼玩意，又和他有什麼關係。

「《暮光之城》是講吸血鬼的電影，《來自星星的你》是講外星人的電視劇，你肯定想像不到全世界有多少女人是他們的腦殘粉。現在的女孩子可不是《白蛇傳》那個年代的人了，一見妖怪不是怕得要死，就是喊打喊殺，大家現在都巴不得遇見妖怪、吸血鬼和外星人。對女孩子而言，『男朋友不是人』絕對比『男朋友是高富帥』更有誘惑力……」

呃……我剛才說了什麼，好像說了「不是人」，這算罵人的話嗎？我立即閉上了嘴巴。

我看著吳居藍，吳居藍也看著我。

我張了張嘴，卻覺得任何語言都難以表達我此時的心情。我乾脆不說了，身子往前探，一手撐在礁石上，一手伸向吳居藍，用行動表明——我不怕你！我想要你！

吳居藍看著我，一動沒有動。

我的手在吳居藍面前固執、安靜地等待著。

良久後，吳居藍迎著我的視線，慢慢地抬起了浸在海面下的手，卻不是想握住我的手，而是想讓我看清楚，我想握住的手究竟長什麼模樣。

我的呼吸一滯，連瞳孔都猛地收縮了一下。

銀色的月光下，一串串水珠正從他的指間墜落，本該是一幅很溫柔唯美的畫面，但現在只會讓人感覺到震撼和恐怖。

他的整個手掌都被藍黑色的細密鱗片覆蓋，看上去像金屬一般冰冷堅硬。手背上暴突起五道筋絡，凸顯著可以摧毀一切的力量。五指細長，指甲尖銳鋒利，猶如五根鋼針，很容易就能刺穿獵物的要害。指間有相連的蹼，手掌完全張開時，幾乎是正常人的兩倍大。

客觀地評價，與其說這是一隻手，不如說這是一隻猛獸的利爪。

我非常震驚，甚至本能地畏懼，但是，當我逃避地去看利爪的主人時，吳居藍平靜深邃的雙眸，也正在細細觀察我的反應。我意識到我的任何一絲反應都有可能傷害到他，立即平靜了下來。

我再次把目光投向他抬起在月光下的手，仔仔細細地看著。再一次，我肯定這是一隻可以撕碎一切的猛獸利爪，但是他那麼小心翼翼，連靠近我都會怕嚇到我，就算它是猛獸的利爪又如何？這隻利爪根本不會傷害我！

我凝視著他，固執、安靜地伸著手。

我看清楚了我將要相握的手長什麼樣，我依舊確信——我不怕你！我想要你！

沉默地對峙。

終於，吳居藍慢慢地把手伸向我，他的速度非常慢、非常慢，就好像唯恐我沒有機會反悔和逃走。當兩人的指尖即將相觸時，他停住了，還在給我反悔和逃走的最後機會。

---

19 不管偶像好壞，還是死忠喜歡著偶像的粉絲。

我等得不耐煩起來，不管身前就是汪洋大海，使勁一探，抓向了他的手。他一驚，尖銳的指甲猛地縮回了手指裡。我抓了個空，身子搖晃，眼看著就要摔下礁石，他握住了我的手，輕輕一撐，讓我穩穩地趴在了礁石上。

我立即反握住了他的手，沒有溫暖柔軟的感覺，而是冰冷的、堅硬的，一如我的想像。

我凝視著他，握著他的手，一點點用力，把他往我身邊拉——我想和你在一起，不害怕，不勉強，更不會後悔！

他隨著我的牽引，慢慢地游到了我身邊。

我對他展顏而笑，他靜靜凝視著我的笑顏。

這一刻，我們眼裡的光輝，令五十二年來最美的月色都暗淡了幾分。

★ ☆ ★ ☆ ★

我趴在礁石上，吳居藍浮在礁石旁的海水裡，兩人的手緊緊地握在一起。我一直看著吳居藍，直到看到吳居藍都好像有點不好意思，微微垂下了眼簾。

我擔心地問：「你不能說話是被那四個人傷到了嗎？」

吳居藍點點頭，又搖搖頭。

「一半是因為傷，一半是因為別的？」

吳居藍點頭。

我想了想說：「因為你變回了……魚身？」

吳居藍微微一笑，似乎在表揚我聰明。

這又不難猜，他下半身和人類不一樣，舌頭或氣管那些發聲器官和人類不一樣不是很正常嗎？

我問：「上個月的月圓夜，你一整夜都消失不見，是不是因為……和現在一樣了？」

吳居藍點頭。

「哦——那你是不是每個月的月圓之夜都會變回魚身？」

吳居藍點頭。

「好神奇！」我難以想像兩條腿變成一條尾巴，一條尾巴又變成兩條腿的情景。

「你昨天晚上說腿突然抽筋不能動了，也是因為這個原因？」

吳居藍點頭，指了指天上的月亮。

我明白了，五十二年來最異常的月亮引發了他身體的異常。

「你什麼時候變回人身？月亮落下，太陽升起時嗎？」我記得他上次是在日出後才出現的。

吳居藍點頭。

我看看天上的月亮，對他說：「我陪你一起等。」

吳居藍指指我的溼衣服，示意我先回去。

我搖頭，「不要！我還沒聽到你親口對我說……反正我不回去，這會兒沒有風，天氣並不冷。

我身體很好，從小到大幾乎沒生過病，你不用擔心。」

我說著不冷，實際不僅冷，還很餓。突然，我想起什麼，從口袋裡掏啊掏，掏出一袋巧克力，放在礁石上。

我一隻手握著吳居藍，捨不得放開，想只用另一隻手撕開塑膠紙袋，卻顯然有點困難。

吳居藍的指尖從袋子上輕輕劃過，塑膠袋就裂開了。

我拿起一塊，遞到吳居藍嘴邊。他愣了一下，微微張開嘴，用舌頭把巧克力捲進了嘴裡。

我心如擂鼓，咚咚地加速跳起來，卻裝作若無其事，拿起一塊巧克力，塞進嘴裡，感覺到指尖的濡溼，一塊普通的巧克力被我吃出了千滋百味。

☆ ☆ ☆ ☆ ☆

月亮漸漸西沉，吳居藍指指不遠處的峭壁，示意他要離開一會兒。

「是要……變回雙腿了嗎？」我問。

吳居藍點頭。

雖然我很想陪著他，但這應該是一件很私密的事，就像女人換內衣時，肯定不喜歡有人旁觀。

我輕聲說：「我等你，你有事就……隨便發出點聲音，或者拿石頭丟我。」

我戀戀不捨地鬆開了手，吳居藍對我安撫地笑笑，倏一下就無聲無息地沉入了水底。

我努力往水下看，卻什麼都看不到。吳居藍在我面前一直速度非常緩慢，但顯然他真實的速度是快若閃電。

海潮還沒有完全落下，我所在的礁石又在大海的最裡面，四周的水很深。我克制著恐懼，手腳並用地站了起來，向吳居藍剛才指的山崖眺望著。

月亮落下、太陽還未升起的一刻，天地間十分黑暗。我孤零零一人站在礁石上，幾乎什麼都看不清，正覺得緊張害怕，就聽到了隱隱約約的歌聲傳來。

發音和旋律都很奇怪，完全聽不懂在唱什麼，可就是說不出的美妙動聽。天籟般的歌聲，都不像是用耳朵去聽見的，而是每一個毛孔、每一寸肌膚都能聽見，直接鑽進身體，和靈魂共鳴。

是吳居藍在唱歌！

他猜到我會害怕，用歌聲告訴我他就在我身邊。

被愛護珍惜的感覺讓我幾乎落淚，心情變得安寧平靜。

天空漸漸透出朦朦朧朧的光芒，將海面照亮。

我看到山崖下的海水有點泛紅，想著今天的日出應該是紅霞滿天，十分好看。可惜這邊的海灘是朝西的，看得見日落，卻看不到日出，我只能根據天亮的程度判斷著太陽是否升起了。

連綿不斷的海浪聲中，我突然發現，那美妙動聽的歌聲消失了，因為它太過溫柔，離去時猶如朝雲散、晨露逝，竟讓人一時間沒有察覺到。

我有點慌了，探著身子，手攏在嘴邊，朝著山崖的方向，大聲叫：「吳居藍！」

「我在。」

聲音就在我腳下，我驚喜地低頭看去。

吳居藍從海水裡冉冉浮起，手一撐，翻坐到了礁石上。

我快速地掃了一眼，確定是兩條腿，就不好意思再看，視線迅速上移。他穿著溼漉漉的黑色短褲、白色T恤，正是前天晚上他失蹤前穿的衣服，可是昨天晚上，他明明什麼都沒有穿。

看到我困惑地打量他的衣服，吳居藍說：「我把衣服藏在了珊瑚洞裡，要不然上岸前又得想辦法去偷衣服。」

我想起第一次見到他時的滑稽打扮，不禁笑起來，「原來那些衣服是偷的，難怪那麼混搭！」

「不過這次是匆忙間跳下海的，鞋子只剩下一隻，手機也壞了。」吳居藍晃了晃兩隻還泡在海水裡的腳，左腳光著，右腳趿著人字拖。

我看看凹凸難行的礁石灘，把身上的外套脫下來，遞給他，「用這個包著腳，等回家後再去買雙新鞋。」

吳居藍用我的外套包了個很俐落的「貼腳鞋」，我懷疑他以前做過這事。

我擔心地問：「你剛剛才……走路不會有事吧？」

「沒事。如果很長時間沒來陸地上，需要適應一下，這次沒事。」吳居藍站了起來，看上去一如常人，沒有絲毫異樣。

兩個人面對面站著，不大的礁石，顯得有點局促。

突然間，我們好像得了失語症，誰都不說話，只是看著對方。

一會兒後，我聲音不大，卻一字字很清晰地說：「我的心意沒有變。」

吳居藍說：「妳以後會後悔的。」

「那是以後的事情，現在要我放棄，我會現在就後悔，而且你不是我，不要替我下決定。」

吳居藍沉默，不言也不動。

山不就我，我去就山！我腳尖動了動，往前蹭了一點，又往前蹭了一點，直到幾乎貼站在了吳居藍身前。

吳居藍仍然不言也不動。

我溼淋淋地站在清涼的晨風中，也不知道究竟是心冷，還是身冷，我開始打哆嗦，越打越厲害，整個人抖得幾乎像篩糠。

我聲音顫抖地說：「吳居藍，你答應了我、我的！」

吳居藍不說話。

「吳居藍，你、你……是不是非要看著我快淹死了，才會來抱我？」

「妳太冷了，我們回去！」吳居藍轉身想走。

我毫不猶豫地向著大海跳了下去，人都已經到了半空，吳居藍躍起，快若閃電地抱住我，在空中轉了一個圈，穩穩地落回到了礁石上。

他剛想放手，我說：「我還會跳的！但你可以選擇不救，讓我淹死好了！」

吳居藍被我氣笑了，「沈螺，我從沒有見過像妳這麼厚臉皮的女人！」

「現在見到了，也不晚！」

吳居藍冷冰冰地說：「可惜，從來只有我威脅別人，沒有別人威脅我！妳想跳就跳吧，反正淹死的是妳，不是我！」吳居藍放開了我，轉身就走。

我盯著他背影看了一瞬，轉身就跳進了海裡。

雖然往下跳時，我已經給自己做了各種心理準備，可我對水的恐懼已經深入骨髓，身體剛入水，就不受控制地開始痙攣，像塊石頭般沉向海底。幸虧吳居藍在我落水的一瞬就跳了下來，動作迅疾地抓住了我，帶著我浮出水面，躍到了礁石上。

我趴在他的胳膊上，一邊咳嗽，一邊說：「你以前……不接受威脅，是因為你沒有把那個人放到心裡。可惜，你現在把我放進了心裡，就只能接受我的威脅了！」

吳居藍沉默不語，沒有否認，也沒有再試圖放開我。

我喃喃說：「我知道前面的路很艱難，也許遠遠超出我的想像，但是，至少這一刻，請讓我知道你的心意。我只想知道，我的感覺沒有錯，你也有那麼一點點喜歡我。」

碧海藍天間，初升的朝陽下，吳居藍第一次把我緊緊地摟在了懷裡。雙臂越收越緊，勒得我幾乎喘不過氣來，肋骨都覺得痛，卻讓我第一次真實地感受到了他對我的感情，我心滿意足地閉上了眼睛。

恍惚間，我覺得，他不是只有一點點喜歡我，而是很多很多，就像白雪皚皚的山峰，雖然表面全是堅冰，可在地底深處，翻湧的卻是滾燙的岩漿。

Chapter 10

如何打敗時間

你在樓下，憑欄臨風。我在樓上，臨窗望月。
兩處斷腸，卻為一種相思。你讓我放棄？不！我不放棄！

我和吳居藍從山上下來時，遠遠地就看到院牆外竟然架著一個梯子，院門虛虛地掩著。

我怒了，這些賊也太猖狂了吧！光天化日、朗朗乾坤……我隨手從路旁撿了根結實的樹棍，衝進院子，看到人就打。

「哎呦——」江易盛邊躲邊回頭。

我傻了，立即把棍子扔掉，「我……以為又是小偷。你怎麼翻到我家裡來了？」

江易盛怒氣衝衝地說：「我怎麼翻進了妳家裡？妳告訴我，妳怎麼不在家？我打妳手機關機，敲門沒有人開門，我當然要翻進來看一下！妳不是和我說妳會在家睡覺嗎？出去了為什麼不告訴我一聲？不知道我會擔心嗎？」

我抱歉地說：「我的手機掉進海裡了，接不到你的電話，也沒有辦法打電話通知你。」

「那妳出門時為什麼不告訴我一聲？出門時，手機總沒有掉進海裡吧？」

我心虛地說：「對不起，我去找吳居藍了，怕你會阻止我，就沒告訴你。」

「我能不阻止妳嗎？黑燈瞎火的，妳能到哪裡去找人？我從來沒有反對過妳去找吳居藍，但妳首先要保證自己的安全。我告訴妳，就算吳居藍在這裡，他也會阻止妳！」

我求救地回頭去看吳居藍，吳居藍卻倚著院門，涼涼地說：「罵得好！」

江易盛這才看到吳居藍，愣了一愣，驚喜地說：「吳大哥，你回來了？」

吳居藍微笑著，溫和地說：「回來了。」

江易盛看到他腳上包著我的外套，關心地問：「你腳受傷了？」

「沒有，丟了一隻鞋子。」吳居藍說著話，坐到廚房外的石階上，解開了腳上的外套。

江易盛放下心來，對我驚訝地說：「沒想到，妳還真把吳大哥找回來了。」

沒等我得意，吳居藍說：「沒有她，我也會回來的。」

我癟著嘴，從客廳的屋簷下拿了一雙拖鞋，放到吳居藍腳前，轉身進了廚房。

江易盛對吳居藍說：「你平安回來就好。那四個歹徒……」

「我跳下海後，他們應該逃走了。」

江易盛滿面震驚地問：「你從鷹嘴崖上跳下了海？」

「嗯。」

從鷹嘴崖上跳下去竟然都平安無事？江易盛不敢相信地看我，我聳聳肩，表示我們要習慣吳居藍的奇特。

江易盛問：「要報警嗎？」

吳居藍說：「算了！」

江易盛默默地想了下，覺得只能是算了。吳居藍的身分有點麻煩，而且那些人沒有造成實際傷害，就算報了警，估計也沒多大用處。

吳居藍看到我在廚房裡東翻西找，他說：「妳先去把溼衣服換了。」

我拿著餅乾說：「我餓了，吃點東西就去換衣服。」

吳居藍對江易盛說：「我去做早飯，你要是早上沒吃，一起吃吧！」

我忙說：「不用麻煩，我隨便找點吃的就行。」

吳居藍淡淡說：「妳能隨便，我不能。」

我被吳居藍趕出廚房，去洗熱水澡。

等我洗得全身暖烘烘，穿上乾淨的衣服出來，吳居藍已經做好三碗陽春麵，還熬了一碗薑湯。

我把一碗麵吃得一點不剩。

吳居藍問：「昨天妳沒好好吃飯嗎？」

江易盛冷哼，張嘴就要說話。

桌子下，我一腳踩到江易盛的腳上，江易盛不吭聲了。

我端起薑湯，笑咪咪地說：「是你做的麵太好吃了。」

吳居藍面無表情地說：「如果妳不要用腳踩著江易盛，這句話會更有說服力。」

我大囧，立即乖乖地把腳縮了回去。

江易盛吭哧吭哧地笑，「小時候，我們三個，人人都認為大頭和我最壞，可我們是明著囂張壞，小螺是蔫壞蔫壞[20]的，我們幹的很多壞事都是她出的主意。」

我振振有辭地說：「那些可不叫壞事，那叫合理的報復和反抗。」誰叫我鬥爭的經驗豐富呢？從繼父鬥到繼母，小小年紀，就學會了背後捅刀。

江易盛微笑著看了我一會兒，對吳居藍說：「我十一歲那年，爸爸突然精神病發作，變成了瘋子。這成為了我人生的一個分水嶺，之前我是多才多藝、聰明優秀的乖乖好學生，老師喜歡、同學羨慕；之後大家提起我時都變得很古怪，老師的喜歡變成了憐憫，同學們也不再羨慕我，常常會叫我『瘋子』，似乎我越聰明就代表我神經越不正常，越有可能變成瘋子……」

我打斷了江易盛的話，溫和地說：「怎麼突然提起這些事？」

江易盛朝我笑了笑，繼續對吳居藍說：「從小到大我已經習慣了被人讚美、被人羨慕，完全不知道該如何應對這麼急遽的人生意外，變得寡言少語、自暴自棄。被人罵時，只會默默忍受，想著我反正遲早真的會變成個瘋子，什麼都無所謂。那時候，我媽媽很痛苦，還要帶著爸爸四處求醫，根本沒有精神留意我；老師和同學都認為發生了那樣的事，我的變化理所當然，只有一個從來沒有和我說過話的同學認為我不應該這樣。

「她罵跑了所有叫我『瘋子』的同學，自說自話地宣布我是她的朋友。我不理她，她卻死皮賴臉地纏上了我，直到把我纏得沒有辦法，不得不真做她的朋友。她帶著我這個乖乖好學生做了很多我想都不敢想的事，還煽動我連跳了三級，我覺得我已經瘋了，對於會不會變成瘋子徹底放棄了糾結。」

江易盛笑嘻嘻地問吳居藍：「你知道是誰吧？就是那個現在正死皮賴臉地糾纏你的女人！」

我說：「喂！別自言自語，當我不存在，好不好？」

江易盛收斂了笑意，對吳居藍嚴肅地說：「對我而言，小螺是朋友，也是親人；是依靠，也是牽掛。我非常在乎她的平安。飛車搶劫、入室盜竊、深夜遇襲，已經發生了三次，如果這些事和你有關，請不要再有第四次！」

我用力踩江易盛的腳，示意他趕緊閉嘴。江易盛卻完全不理我，一直表情嚴肅地看著吳居藍。

吳居藍說：「我現在不能保證類似的事不會發生第四次，但我可以保證不管發生什麼事，我一定在場，小螺會平安。」

江易盛深深地盯看吳居藍一陣子，笑起來，又恢復了吊兒郎當不正經的樣子，一邊起身，一邊說：「兩位，我去上班了！聽說醫院會從國外調來一個漂亮的女醫生做交流，你們有空時，幫我準備幾份能令人驚喜的情人套餐，我想約她吃飯。」

我忙說：「神醫，記得讓你朋友幫忙繼續追查那兩個小偷。」

「知道。」

目送著江易盛離開後，我對吳居藍說：「江易盛剛才說的話你別往心裡去，我們現在也只是猜

20老北京方言，指表面正經，背地裡卻會出些餿主意惡作劇。

測這三件倒楣的事應該有關聯，不是偶然事件。」

吳居藍說：「你們的猜測完全正確。」

我驚訝地問：「為什麼這麼肯定？」

「妳上次說，搶妳錢的人手上長了個黑色的痦子？」

「是！」我伸出手大概比劃了一下那個痦子的位置。

吳居藍說：「在鷹嘴崖襲擊我們的那四個人，有一個人的手上，在同樣位置也長了個痦子。」

沒想到這個小細節幫助我們確認了自己的猜測，看來三次事件真的是同一夥人所為，他們肯定別有所圖。

我小心翼翼地問：「吳居藍，你以前……有沒有很討厭你、很恨你的人？」

「有！」吳居藍十分肯定坦白。

我心裡一揪，正想細問，吳居藍又說：「不過，他們應該都死了。」

我失聲驚問：「死了？」

「這次我上岸，第一個遇到的人就是妳。待在陸地上的時間有限，認識的人也很有限，除了周不聞，應該再沒有人討厭我了。」吳居藍似笑非笑地看著我。

我可不想和他討論這事，趕緊繼續問：「那以前呢？」

「我上一次上岸做人，我想想，應該是……西元一八三八年，本來想多住幾年，但一八六五年發生了點意外，我就回到了海裡。」吳居藍輕描淡寫地說：「那次我是在歐洲登陸的，在歐洲住了十幾年後，隨船去了新大陸，在紐約定居。就算那些仇恨我的人有很執著的後代，也應該遠在地球的另一邊，不可能知道我在這裡。」

我風中凌亂，整個人呈石化狀態，呆看著吳居藍。他說一八、一八幾幾年？歐洲大陸？新大陸？他是認真的嗎？

吳居藍無聲嘆息，「小螺，我說的都是實話，這就是我。我不是合適的人，妳應該找和妳般配的人做伴侶……」

我腦子混亂，脾氣也變得暴躁了，「閉嘴！我應該做什麼，我自己知道！」

吳居藍真的閉上了嘴巴，默默收拾好碗筷，去廚房洗碗。

我一個人呆呆地坐了好一會兒，走到廚房門口說：「吳居藍，你剛才是故意的！同樣的事情，你明明可以換一種溫和的方式告訴我，卻故意嚇唬我！我告訴你，你所有的伎倆都不會有用的，我絕不會被你嚇跑！」

我說完，立即轉身，走向客廳。

連著兩夜沒有睡覺，我頭痛欲裂，可因為這兩天發生的事情都是在挑戰我的承受極限，腦子裡的每根神經都似乎受了刺激，完全不受控制，紛紛擾擾地鬧著，讓我沒有一絲睡意。

我拿出準備給客人的高度白酒[21]，倒了滿滿一玻璃杯給自己，仰起頭咕咚咕咚灌下。

21 酒精濃度高的白酒。

烈酒像一團火焰般從喉嚨滾落到胃裡，我的五臟六腑有一種灼熱感，我的精神漸漸鬆弛下來。

我扶著樓梯，搖搖晃晃地爬上樓，無力地倒到床上，連被子都沒蓋，就昏昏沉沉地閉上眼睛。

要睡不睡時，我感覺到吳居藍抱起我的頭，讓我躺到枕頭上，又幫我蓋好了被子。

我很想睜開眼睛，看看他，甚至想抱抱他，但醉酒的美妙之處，或者說可恨之處就在於：覺得自己什麼都知道，偏偏神經和身體之間的聯繫被切斷了，就是掌控不了身體。

吳居藍輕柔地撫過我的頭髮和臉頰，我努力偏過頭，將臉貼在了他冰涼的掌心，表達著不捨和依戀。

吳居藍沒有抽走手，讓我就這樣一直貼著，直到我微笑著，徹底昏睡了過去。

晚上七點多，我醒了。

竟然睡了整整一天？晚上肯定要睡不著了，難道我要過美國時間嗎？

美國，一八六五年，十九世紀的紐約……距今到底多少年了？

我盯著天花板，發呆了半晌，決定……還是先去吃晚飯吧！

我漱洗完，紮了個馬尾，踢踢踏踏地跑下樓，「吳居藍！」

「吳、居、藍！」

客廳裡傳來江易盛的聲音，他學著我陰陽怪氣地叫。

我鬱悶地說：「你怎麼又來蹭飯了？」

「我樂意！」江易盛手裡拿著一杯紅酒，腿架在茶几上，沒個正經地歪在沙發上。

我對吳居藍說：「我餓了，有什麼吃的嗎？不用特意替我做，你們剩下什麼，我就吃什麼。」

吳居藍轉身去了廚房。

江易盛把一個新手機遞給我，「我中午去買的，還是妳以前的號碼，吳大哥的也是。你給我一個手機的錢就好了，妳的算是生日禮物。」

我笑嘻嘻地接過，「謝謝！吳居藍的手機呢？讓他看過了嗎？」

「看過了。」江易盛指了指沙發轉角處的圓几，上面放著一個手機，「你們倆丟手機的速度，真的很霸氣側漏！」

我沒有理會他的譏嘲，拿起吳居藍的手機和我的對比了一下，機型一樣，只是顏色不一樣。我滿意地說：「情侶機，朕心甚慰！」

江易盛不屑，「妳那麼點小心思，很難猜嗎？」

我不吭聲，忙著把我的手機號碼存到吳居藍的手機裡，又把他的手機鈴聲調成了和以前一模一樣的。我的選擇無關美感和喜好，只有一個標準，鈴聲夠響、夠長，保證我打電話給吳居藍時，他肯定聽得到。

江易盛等我忙完了，把一個文件遞給我，「我剛讓吳大哥看過了，他完全不認識他們，也想不出來任何相關的資訊。」

我翻看著，是那兩個小偷的個人資料，以及幫他們做取保候審的律師和保證人的資料。一行行仔細看過去，我也沒看出任何疑點。普通的小偷，普通的犯罪，保釋人是其中一人的姊姊，律師是她聘請的。

我嘆了口氣，闔上文件，「這兩個人一定知道些什麼，但他們不說，我們一點辦法都沒有。」

「妳別著急，這才剛開始追查，總會有蛛絲馬跡的，天下沒有天衣無縫的事。」江易盛說。

「我不著急，著急的應該是那些人。如果我的猜測正確，他們一定有所圖，一定會發生第四件倒楣的事。」我拍拍文件，「既然暫時查不出什麼，就守株待兔吧！」

雖然我說了別麻煩，吳居藍還是開了火，炒了一盤水晶蝦仁炒飯給我。

他端著飯走進客廳時，我正好對江易盛說：「那些壞人不是衝著吳居藍，應該是衝著我來的。」

「為什麼這麼推測？」江易盛問。

我瞟了吳居藍一眼，說：「反正我有充足的理由相信那些壞人不是衝著吳居藍來的。既然排除了他，那就只可能是我了。」

「把妳的充足理由說出來聽聽。」

「我不想告訴你。」

江易盛像看神經病一樣看著我，「沈大小姐，妳應該很清楚，那些人究竟是衝著妳來的，還是衝著吳居藍來的，會是截然不同的兩種處理方式。這麼重要的判斷，妳不告訴我？也許妳的判斷裡就有線索！」

我蠻橫地說：「反正我是有理由的，你到底相不相信我？」

江易盛話是對著我說的，眼睛卻是看著吳居藍，「這不是相信不相信妳的問題，而是基本的分析和邏輯。妳和吳居藍比起來，當然是吳居藍更像是會惹麻煩的人。」

我苦笑著說：「可是這次惹麻煩的人真的是我，雖然連我自己都想不通，我的判斷理由等我想說時我會告訴你。」

江易盛說：「好，我不追問妳理由了，就先假定所有事都是衝著妳來的。」他一仰頭，喝乾淨了紅酒，放下杯子對吳居藍說：「在查清楚一切前，別讓小螺單獨待著。」他站起身，對我們揮揮手，「我回家了。」

我端起炒飯默默地吃著，吳居藍坐在沙發另一頭，靜靜地翻看著一本書。

我偷偷地瞄了幾眼，發現是紀伯倫[22]的《先知》，心裡不禁竊喜，因為紀伯倫是我最愛的作家

22 紀伯倫（Jibran Khalil Jibran），黎巴嫩詩人，《淚與笑》、《沙與沫》、《先知》是其代表作。

之一。其實不是什麼大不了的事，但知道吳居藍喜歡看我喜歡的書，就好像在這無從捉摸的大千世界中，又發現了一點我和他的牽絆，就算只是微不足道的一點，也讓人欣喜。

等吃飽後，我放下碗，笑嘻嘻地對吳居藍說：「你白天也不叫我，害得我睡了一整天，晚上肯定失眠。」

可惜，吳居藍沒有一點愧疚感，他一邊看著書，一邊漫不經心地建議：「妳可以替自己再灌一大杯白酒。」

我被噎得一句話都說不出來，瞪著他。吳居藍不為所動，鎮定地翻著書，任由我瞪。

我瞪著瞪著，不知不覺地變成了細細的打量，從頭仔細看到腳，完完全全看不出一點異樣。如果不是吳居藍時時刻刻逼著我去面對這個事實，我恐怕會很快忘記昨晚的所見吧！因為我在心理上並不知道該怎麼辦，甚至暗暗慶幸著他每月只有一夜會變成……一條魚。

我知道，吳居藍不是不喜歡我，只是除了喜歡，他還有很多要考慮的現實，任何一個我猜到或者壓根兒沒猜到的現實，都有可能讓他止步。

吳居藍說：「下個月圓之夜後，如果妳還沒有改變心意，我……」當時，他話沒有說完，我想當然地理解成了「我就接受妳」。現在，我才明白，他壓根兒不是這個意思，他沒有繼續說，不是話未盡的欲言又止，而是真的覺得不應該有下文了。

這個下文，是我硬生生地強要來的！但是，既然沒臉沒皮地要到了，我就沒打算放手！

任何一段成年男女關係的開始都會有懷疑和不確定，因為我們早過了相信「真愛無敵」和「從此，王子和公主幸福地生活在一起」的年齡了。有懷疑和不確定是正常的，那是對自己更負責的態度，所以才要談戀愛和交往，談來談去，交來往去，一點點的瞭解，一點點的判斷，一點點的信任，甚至一點點的妥協，一點點的包容，這就是成年人的愛情。

我才活了二十六年，就已經對這個世界滿是悲觀和不相信了。吳居藍的年齡比我大、經歷比我複雜，我允許他有更多一點的懷疑和不確定。只要他還喜歡我，那麼一切都可以解決，我們可以慢慢地瞭解，慢慢地交往，讓時間去打敗所有的懷疑和不確定。

我坐到了吳居藍身旁，輕輕地叫了一聲「吳居藍」，表明我有話想說。

吳居藍闔上了書，把書放到茶几上，平靜地看向我。

我試探地握住吳居藍的手，他沒排斥，可也沒回應，目光沉靜，甚至可說是冷漠地看著我，就像是赤裸裸地表明——對他而言，我的觸碰，別說心動漣漪，就連煩惱困擾，都不配影響他。

如果換成別的女孩，只怕早就羞愧地掩面退下了，但我……反正不是第一次沒臉沒皮了！

我用食指和中指輕輕地撓他的掌心，他一直沒有反應，我就一直撓下去，撓啊撓啊，撓啊撓啊……吳居藍反手握住了我的手，阻止了我沒完沒了的撩撥。

我心裡暗樂，臉上卻一本正經地說：「漫漫長夜，無心睡眠，我們聊天吧！」

「聊什麼？」

「隨便聊，比如你的事情，你要是對我的事情感興趣，我也會知無不言、言無不盡的。」

吳居藍完全沒有想到我竟然這麼快就不再逃避，決定面對一切。他盯著我看了一下，才淡然地問：「妳想知道什麼？」

我盡量若無其事地說：「你的年齡。」

吳居藍說：「我一直生活在海底，所謂山中無日月，你們計算時間的方式對我沒有意義。」

我沉默了一會兒問：「你說你上一次登上陸地是一八三八年。你一共上了幾次陸地？」

「現在的這一次，一八三八年的一次，還有第一次，一共三次。」

經歷還算簡單！我鬆了口氣，好奇地問：「你第一次登上陸地是什麼時候？」

「開元八年。」

我沒有再問「在哪裡」，因為這種年號紀年的方法，還有「開元」兩個字，只要讀過一點歷史的中國人都知道。雖然已經預做了各種心理準備，可我還是被驚住了。

我愣愣出了會神，猛地跳起來，跑到書房，抽出《唐詩鑑賞》，翻到王維的那首詩，一行行地快速讀著。

青青山上松，
數里不見今更逢。
不見君，
心相憶，
此心向君君應識。
為君顏色高且閒，
亭亭迥出浮雲間。

終於、終於……我明白了！當日吳居藍的輕輕一嘆，不是有些「千古悠悠事、盡在不言中」的感覺，而是真的千古光陰，盡付一嘆。

我狀若瘋狂，急急忙忙地扔下書，匆匆坐到電腦桌前，搜索王維：西元七〇一年—七六一年，唐朝著名詩人、畫家，字摩詰，號摩詰居士。

我剛想搜尋開元八年是西元多少年，吳居藍走到我身後，說：「開元八年，西元七二〇年。」

吳居藍進入長安那一年，正是大唐盛世。

「長安大道連狹斜，青牛白馬七香車。玉輦縱橫過主第，金鞭絡繹向侯家。[23]」

那一年，王維十九歲，正是「相逢意氣為君飲，繫馬高樓垂柳邊[24]」的詩酒年華。

我聽見自己的聲音飄渺如煙，都不像是從自己嘴裡發出來的，「你認識王維？」

「嗯。」

難怪我當時會覺得他說話的語氣聽著很奇怪。

我大腦空白了一會兒，下意識地搜索了李白：西元七〇一年—七六二年，唐朝著名詩人，字太白，號青蓮居士。

原來那一年，李白也才十九歲，正是「氣岸遙凌豪士前，風流肯落他人後[25]」的年少飛揚。

那時的吳居藍也是這樣的吧？風華正茂、詩酒當歌，「我醉欲眠卿且去，明朝有意抱琴來。[26]」

---

23 引自唐・盧照鄰《長安古意》。

24 引自唐・王維《少年行》。

我喃喃問：「你認識李白？」

「喝過幾次酒、比過幾次劍。」

「杜甫呢？」

「因為容顏不老，我不能在一地久居，不得不四處漂泊，上元二年，曾在蜀中浣花溪畔見過子美。」

吳居藍的表情、語氣都很平淡，我卻不敢再問。從開元盛世到安史之亂，從歌舞昇平到天下殤痛，隔著千年光陰讀去，都覺得驚心動魄、難過惋惜，何況身處其間者。

「既然不能在一地久居，為什麼不回到海裡？」

吳居藍淡淡而笑，「那時的我太年輕，又是第一次在陸地上生活，稀里糊塗太過投入，什麼事我都無能為力，卻又什麼都放不下。」

「後來是什麼時候離開的？」

「大曆六年，西元七七一年，我從舟山群島乘船，東渡日本去尋訪故人。我到日本時，他已病逝，我在唐招提寺住了半年後，回到了海裡。」

從西元七二〇年到西元七七一年，五十一年的人世興衰、悲歡離合，看著無數熟悉的知交故友老去死亡，不管是「相逢意氣為君飲」，還是「風流肯落他人後」，都成了皚皚白骨，對壽命漫長、一直不老的吳居藍而言，應該相當於過了幾生幾世，難怪他看什麼都是波瀾不興、無所在意的淡漠。

忽然之間，我明白了，為什麼他要千年之後，才會再次登上陸地，還是一塊全無記憶的大陸，那些鐫刻於記憶中的歡笑和悲傷都太過沉重了！

我走到吳居藍身前，溫柔地抱住了他。

吳居藍的身子微不可察地顫了一下，「妳不怕嗎？」他的聲音和他的體溫一樣冰涼，好似帶著千年時光的滄桑和沉重。

我的頭伏在他懷裡，雙臂用力抱緊他，希望我的溫暖能融化一點點他的冰涼，「令我畏懼的是時光，不是你。」

「但妳看得見、摸得到的是我，不是時光。現在妳還年輕，覺得無所謂，可十年、二十年後呢？我依舊是現在這樣，妳會變成什麼樣？」吳居藍一動不動地站著，聲音平靜得沒有一絲起伏，言辭卻犀利得像冰錐，似乎要狠狠地扎進我的心裡。

這一瞬間，我真恨吳居藍的理智和冷酷，他不肯讓我有半點糊塗，也不肯讓我有半點逃避，總是把一切赤裸裸地攤開在我面前。

我明明感受到了他對我的感情，但是，他卻能毫不留情地一而再、再而三地想把我推開，逼迫我放棄自己的感情，放棄他！

我沉默了良久說：「我會變老、變醜。」

「我不可能在一地長居，妳必須跟著我顛沛流離，沒有朋友，沒有家，到那時，我的存在就是

25引自唐・李白《流夜郎贈辛判官詩》。
26引自唐・李白《山中與幽人對酌》。

妳最恐怖的惡夢。又老又醜的妳會恨我、畏懼我，想盡辦法逃離我。」吳居藍一邊說著殘忍的話，一邊微笑著推開了我。

我下意識地抓住了他的手，不想他離開，但這一刻，我的手比他更冰涼。

「沈螺，不要把妳短暫的生命浪費在我身上，去尋找真正適合妳的男人！」吳居藍冷漠絕情地用力甩開了我的手，「等查清楚究竟是誰針對妳，確認和我沒有關係後，我就會離開，妳就當遇見我的事是一場夢吧！」

我暈暈沉沉，像夢遊一樣走出了書房，回到自己的臥室。

屋子裡黑漆漆的，我心口又憋又悶，「唰唰」幾下，拉開了所有窗簾，打開了所有窗戶。清涼的晚風一下子全灌了進來，吹得桌上的紙張飛了起來，窗簾也嘩嘩地飄著。

我蜷坐在窗前的藤椅上，長長久久地看著天上那輪圓月。

千年前的那輪月亮應該和今夜的月亮看上去差不多吧！

可是，人卻不行，生老病死，一個都逃不過。女子的芳華更是有限，十年後，我三十六歲，如果保養得好，還能說徐娘半老、風韻猶存，可二十年後呢？四十六歲的女人是什麼樣子？五十歲的女人又是什麼樣子？

那個時候，我和壽命漫長、容顏不老的吳居藍站在一起是什麼感覺？

中國最美的愛情誓言就是「執子之手、與子偕老」，如果連偕老都做不到，相握的手還是戀人的手嗎？

我悲傷無奈地苦笑了起來。

自以為鼓足了所有勇氣，信心滿滿地面對這份感情，下定決心不管我和他之間有多少懷疑和不確定，我們都可以慢慢地瞭解，慢慢地交往，讓時間去打敗所有的懷疑和不確定。

但是，我完全沒有想到，我們之間的最大問題就是「時間」。

我該用什麼來打敗時間？

這個問題，連擁有千年智慧，幾乎無所不能的吳居藍都不知道該怎麼辦，所以他才會故意尖刻地說出「又老又醜的妳」這樣的話來傷害我，逼著我放棄。

理智上，我認同吳居藍的決定。既然未來是一條越走越窄的死路，註定會傷害到所有人，的確應該選擇放棄。

但是，感情上，我只知道我喜歡他，他也喜歡我。我願意接受他非人的身分，他也不排斥我是個普通的人類女子，我們為什麼不能在一起？

＊　＊　＊

夜色越深，風越涼，我卻像是化作了石雕，一直坐在窗前，吹著涼風。

突然，我狠狠地打了幾個噴嚏，一時間涕泗橫流、十分狼狽，不得不站起來去抽面紙。

擦完鼻子，我順手拿起桌上的手機看了一眼，還差十幾分鐘就凌晨四點了。

我竟然無知無覺地在窗邊坐了六、七個小時，難怪凍得要流鼻涕，可不知道我的哪根神經失靈了，竟然一點都沒有感覺到冷。

我靠著窗臺，看著窗外：月光下，龍吐珠花皎皎潔潔，隨風而動；七里香堆雲積雪，暗香襲人。我想起了吳居藍慵懶地坐在花叢間，靜看落花翩躚的樣子，忍不住手按在心口，無聲地長嘆了口氣。

我不是吳居藍，沒有他的理智，更沒有他對人對己的冷酷。也許不管我再思考多久，都沒有辦法想清楚，究竟是應該理智地放棄，還是應該順心地堅持。

但是，相愛是兩個人的事，不管我怎麼想，吳居藍似乎都已經做了決定……

突然，我心中一動。

吳居藍逼我放棄，他放棄了嗎？

在說了那麼多冷酷的話，明知道會傷害到我後，夜不能寐的人只是我一個嗎？

剎那間，我做了一個孤注一擲的決定，把無法決定的事情交給了命運去決定——

如果我此時出聲叫吳居藍，他回應了，那麼就是命運告訴我，不許放棄！如果他沒有回應，那麼就是命運告訴我，應該……放棄了！

我把頭湊到窗戶前，手攏在嘴邊，想要叫他。可是，我緊張得手腳發軟，心咚咚亂跳，嗓子乾澀得沒有發出一點聲音。

我真的要把我的命運、我的未來都壓在一聲輕喚上嗎？

萬一、萬一……他早已熟睡，根本聽不到，或者他聽到了，卻不願意回應我呢？

我深吸了幾口氣，才略微平靜了一點。

恐懼糾結中，我鼓足了全部的勇氣，對著窗外的迷濛夜色，輕輕地叫：「吳、吳……吳居藍。」因為太過忐忑緊張，我的聲音聽上去又沙又啞，還帶著些顫抖。

本來，我以為我要經歷痛苦的等待，才有可能等到一個答案，結果完全沒有想到，我的聲音剛落，就聽到了吳居藍的聲音從樓下的窗戶傳來，「妳怎麼了？哪裡不舒服？」

我滿面驚愕地愣住了。

一下子後，我一邊捂著嘴，激動喜悅地笑著，一邊癱軟無力地滑倒，跌跪在了地上。

我趴在地板上，瑟縮成一團，雙手捂住臉，眼淚無聲無息地洶湧流下。

你在樓下，憑欄臨風。

我在樓上，臨窗望月。

兩處斷腸，卻為一種相思。

你讓我放棄？

不！我不放棄！

我正在欣喜若狂地掩面低泣，吳居藍竟然從窗戶外無聲無息地飛掠了進來。

他看到我跪趴在地板上，立即衝過來，摟住我，「妳哪裡不舒服？」

我抱著他，一邊搖頭，一邊只是哭。

他不懂，我不是不舒服，而是太開心、太喜悅，為他的心有掛礙，為他的牽腸掛肚。

他摸了一下我的額頭，沒好氣地說：「妳發燒了！現在知道難受了，吹冷風的時候怎麼不知道多想想？」

看我一聲不吭，一直在哭。他拿起我的手，一邊幫我把脈，一邊柔聲問：「哪裡難受？」

我搖頭，哽噎著說：「沒有，哪裡都不難受。」

他不解，「不難受妳哭什麼？」

我又哭又笑地說：「因為你聽到了我的叫聲，因為你也睡不著……」

吳居藍似乎明白了我在說什麼，神色一斂，眉目間又掛上了冰霜，收回了替我把脈的手，冷冷地說：「重感冒。」

他抱起我，把我放到了床上，替我蓋好被子，轉身就要走。

我立即抓住了他的手，紅著眼睛，眼淚汪汪地看著他。

他冰冷的表情有了一絲鬆動，無奈地說：「我去拿退燒藥。」

我放開了手，他先把窗戶全部關好，窗簾全部拉上，才下樓去拿藥。

一會兒後，他拿著退燒藥上來，倒了一杯溫水給我，讓我先把藥吃了。

他把電子溫度計遞到我嘴邊，示意我含一下。

幾秒後，他拿出溫度計，看了一眼顯示的數字，皺了皺眉頭，對我說：「妳剛吃的藥會讓妳嗜睡，好好睡一覺。」

我也不知道是因為藥效，還是因為發燒，全身開始虛軟無力，連睜眼睛的力氣都沒有。我漸漸閉上眼睛，昏睡了過去。

但是，一直睡得不安穩，從頭到腳、從內到外，一直很痛苦。一會兒像是被架在火爐上炙烤，熱得全身冒煙；一會兒像是掉進了冰窖，凍得全身直打哆嗦。

暈暈沉沉中，感覺到一直有人在細心地照顧我。我大腦黏糊糊一片，完全沒有思考的力氣，想不清楚他是誰，卻無端端地歡喜，似乎只要他在我身邊，就算我一直這麼痛苦地時而被火烤，時而被冰凍，我都心甘情願。

我睜開眼睛時，屋內光線晦暗，讓我分辨不出自己究竟睡了多久。

吳居藍坐在床旁的藤椅上，閉目假寐。我剛掙扎著動了一下，他就睜開了眼睛。

我的嗓子像是被煙熏火燎過，又乾又痛，張了張嘴，卻一個字都沒說出來。

吳居藍卻立即明白了我的意思，把一杯溫水端到了我嘴邊。

我咕咚咕咚喝了大半杯下去，乾渴的感覺才緩和了，卻依舊覺得嗓子火辣辣的痛，再結合頭重腳輕、全身痠軟無力的症狀，看來我這次的感冒真的不輕。

我聲音嘶啞地說：「怎麼會……這麼嚴重？」

吳居藍譏嘲：「泡了一夜海水，又吹了一夜冷風，妳以為自己是鐵打的嗎？沒燒成肺炎已經算妳運氣好了。」

他拉開了窗簾，我才發現外面豔陽高照，應該已經是中午。

吳居藍問：「餓了嗎？我熬了白粥。」

「不、要。」我暈暈沉沉，十分難受，沒有一點胃口。

吳居藍走到桌邊，打開瓦罐，盛了一小碗稀稀的粥，「稍微喝一點。」

我不願拂逆他，強打起精神，坐了起來。

我一邊慢慢地喝著粥，一邊偷偷地看吳居藍。他已經好幾天沒有好好休息了，可面色一如往常，看不出一絲疲憊。

我喝完粥，對吳居藍說：「你去休息吧，不用擔心我。我從小到大身體特別好，很少生病，就算生病，也會很快就好。」

吳居藍靜靜地盯了我一下，沒有搭理我，轉身端起一個碗，遞給我，「吃藥。」

竟然是一碗黑乎乎的中藥，我聞著味道就覺得苦，剛想說「感冒而已，吃點西藥就行了」，突然反應過來，我又沒有去看中醫，哪裡來的中藥方子？

我試探地問：「你開的藥？」

吳居藍淡淡應了聲「嗯」。

我再不喜歡吃中藥，也不敢嫌棄這碗藥了。我捧過碗，嘗了一口，立即眉頭皺成了一團，實在是太苦、太難喝了！但看看吳居藍，我一聲不敢吭，憋著口氣，咕咚咕咚地一口氣喝完。放下碗時，只覺得嘴裡又苦又澀，立即著急地找水喝。

吳居藍站在床邊，拿著水杯，冷眼看著我，就是不把水遞給我。

我可憐兮兮地看著他，「水！」

他冷冷地說：「知道生病的滋味不好受，以後就長個記性，下次還開著窗戶吹冷風嗎？」

我懷疑那碗中藥那麼苦，是他故意懲罰我，但什麼都不敢說，乖巧地搖頭，表示以後絕不再犯。

他終於把水杯遞給了我，我趕緊喝了幾口水，把嘴裡的苦味都吞了下去。

吳居藍說：「藥有助眠作用，妳覺得睏了，就繼續睡。」

我躺了一會兒，覺得眼皮變得越來越沉，迷迷糊糊又睡了過去。

不過，這一次，我沒有再感覺一會兒熱，一會兒冷，睡得十分踏實。

＊ ＊ ＊ ＊ ＊

睡醒了就吃飯吃藥，吃完了就再睡。

第二天傍晚，我再次醒來時，除了身子還有點痠軟、嗓子還有點不舒服外，差不多已經全好了。從小到大，我都是這樣，身體比大頭和神醫還好，很少生病，即使生病也好得很快。

我瞇著眼睛，悄悄地看吳居藍。他坐在床旁的藤椅上，大概覺得有些無聊，捧著一本筆記本，拿著幾隻鉛筆，在上面塗塗抹抹。

我雙手一撐，坐了起來，端起床頭櫃上的水杯，一邊喝水，一邊看著吳居藍。

他瞟了我一眼，看我能照顧自己，低下了頭，繼續塗塗抹抹。

我放下水杯，笑問：「你在畫畫嗎？畫什麼？」

吳居藍一聲不吭地把手裡的筆記本遞給我。我笑著接過，一頁頁翻過，笑容漸漸從臉上消失。

吳居藍畫了三張素描圖，全是我和他，只不過是不同年齡的我和他。

第一張是現在的我和吳居藍。我躺在病床上，他守在一旁照顧我，看上去就是一個男子在照顧年輕的戀人，透著溫馨甜蜜。

第二張是十幾年後的我和吳居藍。我憔悴痛苦地躺在病床上，他守在一旁照顧我，看上去像是兒子在照顧母親。

第三張是幾十年後的我和吳居藍。我雞皮鶴髮、奄奄一息地躺在病床上，他守在一旁照顧我，看上去像是孫子在照顧祖母。

只是黑白二色的素描圖，但吳居藍的繪畫技巧十分高明，每幅圖都纖毫畢現、栩栩如生，讓人如同在看真實的照片。

我看完最後一張圖後，面色蒼白地抬起頭，盯著吳居藍。

他的理智，總是讓他在溫柔之後變得很冷酷。如果每一次對我的好是不小心給了我理由去堅持對他的感情，他一定會立即再做一些事情來傷害我，給我更多的理由去放棄這份感情。

雖然明明知道，他這麼做，並不是因為對我無情，但是，我的心依舊像是被利刃狠狠刺入，鮮血淋漓的疼痛。

我心情沉重地伸出手，想把筆記本遞還給吳居藍。

他淡淡瞥了一眼，沒有接，面無表情地看向我，「這三幅圖畫的都是妳，送給妳了。」

我緊緊地咬著唇，拿著筆記本的手在輕輕地顫著。

他視而不見，站起身，冷淡地說：「晚飯已經準備好，妳換件衣服就能下來吃了。」

等他走了，我一直伸在半空中的手猛地垂落，筆記本「啪」一聲掉到了地上。

我抱著膝蓋，縮在床上，身體不受控制地打著顫。三張栩栩如生的圖畫比任何語言都更有殺傷力，他逼著我去看見未來的殘酷，提醒我這是我必須面對的現實，不可能因為愛情，更不可能因為一時的心軟和感動而改變。

我盯著地上的筆記本，很想閉上眼睛，不再去看它，但是，現實就是不論如何逃避都是遲早會發生的事實。

我咬了咬牙，猛地彎下身子，把筆記本從地上撿了起來。

吳居藍，如果這就是你要我看清楚的未來，我會仔仔細細地看清楚！

我克制著自己的恐懼和抗拒，翻開了筆記本，慢慢地把三張圖從頭到尾又看了一遍。

仍然沒有看清楚，那就再看一遍！

仍然不敢直視圖畫裡的自己，那就再看一遍！

仍然在害怕，那就再看一遍！

……

我自虐般地一遍又一遍地看著三張圖。

來來回回、反反覆覆，我就像真的被這三張圖帶進了時光的長河中，青年、中年、老年……時不我待、流光無情，我垂垂老矣，他朗朗依舊。

我閉上了眼睛，默默地想著每一幅圖。

很久後，我突然下了床，走到書桌前，拿起筆，在每張圖的空白處寫下了一段話。

放下筆，我腳步輕快地走進浴室，決定沖個熱水澡。

把一身汗漬洗乾淨後，就好像把一身病菌都沖掉了，感覺全身上下一輕，整個人都有精神了。

我吹乾頭髮，把長髮編成辮子，仔細盤好，換上最喜歡的一條裙子，戴了一條自己做的項鍊，項墜就是吳居藍送我的那顆黑珍珠。

因為面容仍有病色，我塗了ＢＢ霜，擦了蜜粉，還上了點腮紅，讓自己看上去氣色好一點。

我看看鏡子中的自己，自我感覺還不錯後，我拿起筆記本，下了樓。

窗外夜色深沉，窗內燈火通明。

吳居藍坐在飯桌前，安靜地等著我。

他下樓時，天色仍亮，這一等就等了兩個多小時，等得天色盡黑、飯菜涼透，他卻沒有一絲不耐煩。

我停住了腳步，站在院子裡，隔窗看著他。

他抬眸看向了我，我相信他肯定設想過我的各種反應，卻怎麼想都沒有想到，我的滿血復活能力那麼強，才被狠狠打擊過，就又神采奕奕、明媚鮮亮地出現了。

他表情明顯一怔，我朝他笑了笑。

我走進廚房，坐到他旁邊的座位，把筆記本端端正正地放到桌上。

我平靜地說：「你送我的三張圖我已經都認真看完了，做為回贈，我送你三句話。」

我把筆記本推到了他面前，他遲疑了一下，打開了筆記本。

三幅圖、三句話。

每句話都端端正正地寫在每幅圖的空白處。

第一幅圖：所謂伊人，在水一方。溯洄從之，道阻且長。溯游從之，宛在水中央。

第二幅圖：所謂伊人，在水之湄。溯洄從之，道阻且躋。溯游從之，宛在水中坻。

第三幅圖：所謂伊人，在水之涘。溯洄從之，道阻且右。溯游從之，宛在水中沚。

吳居藍一一翻看完，眉頭緊蹙，疑惑地看向我，不明白我的話和他的圖有什麼關係。

我往他身邊湊了湊，低下頭，一邊毫不迴避地翻看著三張圖，一邊說：「三張圖，都是我身體不好，虛弱無力，最需要人照顧時。第一張，我正青春明媚時，你在。」

我翻到第二張圖，「我人到中年，容顏枯萎時，你在。」

我翻到第三張圖，「我人到老年，雞皮鶴髮時，你仍在。」

我抬頭看著吳居藍，輕聲說：「你知道嗎？有四個字恰好可以形容這三張圖表達的意思——不離不棄！」

吳居藍被我的神發揮徹底震住了，呆滯地看了我一下，剛想要開口反駁，我立即說：「我知道，你本來的意思不是這個！但寫下了《先知》的紀伯倫說過『如果你想瞭解他，不要去聽他說出的話，而是要去聽他沒有說出的話』。你潛意識畫下的東西才是你最真實的內心，不管我什麼樣，在我需要你的時候，你完全沒有想過對我棄之不顧。」

向來反應敏銳、言辭犀利的吳居藍第一次被我說得張口結舌。

我輕輕拍了下筆記本說：「不離不棄，是我所能想到的最好的愛情誓言，謝謝你！我對你的愛情誓言是三句話，借用了古人的詩歌！」

我笑了笑說：「古人的東西，你肯定比我清楚！我的意中人在河水那一方，逆著水流去找他，道路險阻又漫長，順著水流去找他，他彷彿在水中央。不管是逆流、還是順流，他總是遙不可及，可望而不可求。」

我對吳居藍做了個鬼臉，「不過，沒有關係！他已經許諾了對我不離不棄，他會等著我，直到我克服他對我設下的所有艱險，走到他身邊。」

吳居藍表情驚愕、目光鋒利，像看怪物一樣盯著我。

我寸步未讓，一直和他對視。

我並不是那種「為了愛情就可以拋棄自尊、不顧一切」的女人，也不是那種「就算你不愛我，我也會默默愛你一輩子」的女人。如果我真的愛錯了人，就算要承受剜心剖腹之痛，我也肯定能做到你既無情、我便休！

但是，你若不離不棄，我只能生死相隨！

很久後，吳居藍扶著額頭，無力地嘆了口氣說：「我真不知道到底妳是怪物，還是我是怪物？」

我仔細想了想，認真地說：「大概都是！妳沒有聽過網路上的一句話嗎？極品都是成雙成對地出現的！」

吳居藍被我氣笑了，「沈螺，是不是不管我說什麼，妳都有本事厚著臉皮曲解成自己想要的意思？」

27引自《詩經・秦風・蒹葭》。

我厚著臉皮說：「不是曲解，而是我蕙質蘭心、冰雪聰明，看透了你不願意說出，或者不敢說出的話！」

我指著第三張圖中雞皮鶴髮、蒼老虛弱的我，理直氣壯地質問：「你畫這些圖時，可有過一絲拋棄我的念頭？一絲都沒有！在你想像的未來中，就算我變得又老又醜，行動遲緩、反應笨拙，你依舊在照顧我、陪伴我！」

吳居藍垂眸盯著圖看，一聲不吭，眼眸中漸漸湧起很深切的悲傷。

我也盯著圖看起來，不再是從我的眼中，看到總是不老的他，而是從他的眼中，看到日漸衰老、臥於病榻的我。

我心中瀰漫起悲傷，低聲問：「畫這些畫時，很難受吧？」

吳居藍抬眸看著我，眼神很意外。

我說：「你逼著我面對未來時，自己也要面對。看著我漸漸老去，甚至要親眼看著我死亡，卻什麼都做不了，肯定很難受吧？」

執子之手，卻不能與子偕老時，我固然要面對時間的殘酷，承受時間帶來的痛苦，他又何嘗不是呢？我們倆的痛苦，沒有孰輕孰重，一定都痛徹心扉。但是，時間上，他卻要更加漫長。死者長已矣，生者尚悲歌！

吳居藍的神情驟變，明顯我的話戳到了他的痛處。

我輕輕地握住了他的手。

吳居藍不言不動，看著窗外，卻目無焦距，視線飄落在黑漆漆的虛空之中。

很久後，他收回了目光，凝視著我，開口說道：「愛一個人應該是希望他過得快樂幸福。妳很清楚自己時間有限，短暫的陪伴後，就會離開我，留下長久的痛苦給我，為什麼還要堅持開始？妳的愛就是明知道最後的結果是痛苦，還要自私地開始嗎？」

他的聲音平靜清澈，沒有一絲煙火氣息，就像數九寒天的雪花，無聲無息、漫漫落下，卻將整個天地冰封住。

我著急地想要說點什麼，否定他的詰問，可是心裡卻白茫茫一片，根本想不出來能說什麼。

一直以來，我都是從自己的角度出發，考慮著吳居藍的非人身分，他不同於人類的漫長壽命和不老容顏，問自己是否有足夠的勇氣去接受他的一切。

但是，我一直忽略了從他的角度出發，考慮他的感受。

我對他而言，也是非我族類，是個異類，和他強韌的生命相比，我還有可怕的弱點——壽命短暫、肉體脆弱。當我思考接受他所要承受的一切時，他也必須要思考接受我所要承受的一切。

我總是想當然地覺得接納他，我需要非凡的勇氣，甚至自我犧牲，可實際上，他接納我，更需要非凡的勇氣，更需要自我犧牲。

吳居藍的神情恢復平靜淡然、波瀾不興的樣子，溫和地說：「吃飯吧，把妳的身體先養好！」

——那片星空，那片海〔上卷〕卷終

茶蘼坊39

那片星空 那片海（上）

作　者　桐　華

總編輯　張瑩瑩
副總編輯　蔡麗真

責任編輯　蔡麗真
美術設計　洪素貞 (suzan1009@gmail.com)
封面設計　周家瑤
校　對　仙境工作室
行銷企畫　林麗紅

社　長　郭重興
發行人兼出版總監　曾大福
出　版　野人文化股份有限公司
發　行　遠足文化事業股份有限公司
地址：231 新北市新店區民權路 108-2 號 9 樓
電話：（02）2218-1417　傳真：（02）8667-1065
電子信箱：service@bookrep.com.tw
網址：www.bookrep.com.tw
郵撥帳號：19504465 遠足文化事業股份有限公司
客服專線：0800-221-029
法律顧問　華洋法律事務所　蘇文生律師
印　製　成陽印刷股份有限公司
初　版　2015 年 8 月

國家圖書館出版品預行編目 (CIP) 資料

那片星空那片海 / 桐華著 . -- 初版 . -- 新北市 : 野人文化出版 : 遠足文化發行 , 2015.08
冊； 公分 . -- (茶蘼坊 ; 39-40)
ISBN 978-986-384-082-4(全套 : 半裝)

857.7　　104013932

那片星空，那片海〔上〕〔下〕

線上讀者回函專用 QR CODE，您的寶貴意見，將是我們進步的最大動力。

野人

野人文化 讀者回函卡

書　名 ______

姓　名 ______ □女 □男　年齡 ______

地　址 ______

______

電　話 ______ 手機 ______

Email ______

□同意 □不同意　收到野人文化新書電子報

學　歷 □國中（含以下）□高中職　□大專　□研究所以上

職　業 □生產/製造　□金融/商業　□傳播/廣告　□軍警/公務員

□教育/文化　□旅遊/運輸　□醫療/保健　□仲介/服務

□學生　□自由/家管　□其他

◆你從何處知道此書？

□書店：名稱 ______　□網路：名稱 ______

□量販店：名稱 ______　□其他 ______

◆你以何種方式購買本書？

□誠品書店　□誠品網路書店　□金石堂書店　□金石堂網路書店

□博客來網路書店　□其他 ______

◆你的閱讀習慣：

□親子教養　□文學　□翻譯小說　□日文小說　□華文小說　□藝術設計

□人文社科　□自然科學　□商業理財　□宗教哲學　□心理勵志

□休閒生活（旅遊、瘦身、美容、園藝等）　□手工藝／DIY　□飲食／食譜

□健康養生　□兩性　□圖文書／漫畫　□其他 ______

◆你對本書的評價：（請填代號，1. 非常滿意　2. 滿意　3. 尚可　4. 待改進）

書名 ____ 封面設計 ____ 版面編排 ____ 印刷 ____ 內容 ____

整體評價 ____

◆你對本書的建議：

______

______

______

______

廣　告　回　函
板橋郵政管理局登記證
板 橋 廣 字 第 143 號

郵資已付　免貼郵票

野人

23141
新北市新店區民權路108-2號9樓
野人文化股份有限公司 收

請沿線撕下對折寄回

野人

書號：0NRR0039